CAIXA-PRETA
ACHADOS E PERDIDOS

A imprevisível dor ecoada, pranteada e gasta com lágrimas e palavras de crianças e adolescentes vulneráveis, solitários e anônimos

Editora Appris Ltda.
1.ª Edição - Copyright© 2023 dos autores
Direitos de Edição Reservados à Editora Appris Ltda.

Nenhuma parte desta obra poderá ser utilizada indevidamente, sem estar de acordo com a Lei n° 9.610/98. Se incorreções forem encontradas, serão de exclusiva responsabilidade de seus organizadores. Foi realizado o Depósito Legal na Fundação Biblioteca Nacional, de acordo com as Leis n°s 10.994, de 14/12/2004, e 12.192, de 14/01/2010.

Catalogação na Fonte
Elaborado por: Josefina A. S. Guedes
Bibliotecária CRB 9/870

R748c
2023
	Rolim Neto, Modesto Leite
	   Caixa-preta : achados e perdidos: a imprevisível dor ecoada, pranteada e gasta com lágrimas e palavras de crianças e adolescentes vulneráveis, solitários e anônimos / Modesto Leite Rolim Neto. – 1. ed. – Curitiba : Appris, 2023.
	   163 p. ; 23 cm.
	
	   ISBN 978-65-250-4391-3
	
	   1. Ficção brasileira. 2. Saúde mental. 3. Infância. 4. Adolescência. I. Título.
	
	                                                              CDD – B869.3

Livro de acordo com a normalização técnica da ABNT

Appris editora

Editora e Livraria Appris Ltda.
Av. Manoel Ribas, 2265 – Mercês
Curitiba/PR – CEP: 80810-002
Tel. (41) 3156 - 4731
www.editoraappris.com.br

Printed in Brazil
Impresso no Brasil

Ana Maiara Viana
Modesto Leite Rolim Neto
Ricardo Riyoiti Uchida
Aloisio Antônio Gomes de Matos Brasil

CAIXA-PRETA
ACHADOS E PERDIDOS

A imprevisível dor ecoada, pranteada e gasta com lágrimas e palavras de crianças e adolescentes vulneráveis, solitários e anônimos

FICHA TÉCNICA

EDITORIAL	Augusto Vidal de Andrade Coelho
	Sara C. de Andrade Coelho
COMITÊ EDITORIAL	Marli Caetano
	Andréa Barbosa Gouveia (UFPR)
	Jacques de Lima Ferreira (UP)
	Marilda Aparecida Behrens (PUCPR)
	Ana El Achkar (UNIVERSO/RJ)
	Conrado Moreira Mendes (PUC-MG)
	Eliete Correia dos Santos (UEPB)
	Fabiano Santos (UERJ/IESP)
	Francinete Fernandes de Sousa (UEPB)
	Francisco Carlos Duarte (PUCPR)
	Francisco de Assis (Fiam-Faam, SP, Brasil)
	Juliana Reichert Assunção Tonelli (UEL)
	Maria Aparecida Barbosa (USP)
	Maria Helena Zamora (PUC-Rio)
	Maria Margarida de Andrade (Umack)
	Roque Ismael da Costa Güllich (UFFS)
	Toni Reis (UFPR)
	Valdomiro de Oliveira (UFPR)
	Valério Brusamolin (IFPR)
SUPERVISOR DA PRODUÇÃO	Renata Cristina Lopes Miccelli
ASSESSORIA EDITORIAL	Nathalia de Almeida
REVISÃO	Cristiana Leal
	Stephanie Ferreira Lima
PRODUÇÃO EDITORIAL	Bruna Holmen
DIAGRAMAÇÃO	Renata C. L. Miccelli
CAPA	Lívia Costa

A Modesto Leite Rolim Neto, professor, pesquisador, escritor, amigo, irmão, ser humano iluminado (in memoriam).

Hoje nasce a dedicatória sobre o livro que também é teu. A Saúde Mental e a Ciência possuem um assento amplamente destacado, reservado a ti. Os teus valiosos acervos nas Pesquisas Científicas reconhecidas internacionalmente refletiram de forma significativa a tua genialidade expressiva. Transitando de forma extraordinária pelas vias acadêmicas e literárias, conquistando um legado sui generis, fruto da singularidade da tua caminhada existencial. Os "achados e perdidos" assumiram um processo metafórico e investigativo, presentes na "caixa-preta" e observados pelo teu olhar submarino, fundo e sensível.

Gratidão intensa e renovada pelo vasto conhecimento compartilhado. Agradecimentos sinceros por todas às vezes que a tua humildade gigante nos guiou o voo. A palavra morte em aramaico significa "existir em outro lugar". Eis os instantes milagrosos que os trazem de volta.

PREFÁCIO

Convidado para prefaciar o livro *Caixa-preta: achados e perdidos*, confesso que tive certa inquietação na abordagem do tema devido à profundidade e à abrangência necessárias. Todavia, motivado pela curiosidade inerente aos pesquisadores, quis desvendar os conteúdos dessa caixa-preta e, após leitura — aliás, degustação — da obra desses grandes estudiosos, Dr.ª Ana Maiara Viana, Dr. Modesto Leite Rolim Neto, Dr. Ricardo Riyoiti Uchida e Dr. Aloisio Antônio Gomes de Matos Brasil, senti-me não só capaz de discorrer sobre o assunto, como também de me engajar nos estudos e nas ações que contribuam para reverter essa situação.

Evidências atuais promovidas pelo Fundo das Nações Unidas para a Infância (*Unicef*) destacam que a pobreza na infância e na adolescência é mais que renda. Além da questão monetária, seis em cada dez meninas e meninos brasileiros são privados de um ou mais direitos fundamentais. Educação, nutrição, moradia, saúde, acompanhamento parental, proteção contra violência, trabalho infantil e exploração sexual são negligenciados, e a solução cabe ao poder público, apoiado pelas famílias e pela sociedade em geral.

Há décadas observamos diversas ações empreendidas, mas, quando avaliamos os principais indicadores de vulnerabilidade na infância e adolescência, o cenário parece reproduzir o mito de Sísifo, utilizado pelo filósofo Albert Camus em 1942, durante a Segunda Guerra Mundial, como representação do ser humano em mundo sufocante e absurdo. O mito de Sísifo fala sobre uma personagem da mitologia grega que desafiou e enganou os deuses e recebeu como castigo rolar uma grande pedra montanha acima. No entanto, ao chegar ao topo, devido ao cansaço, a pedra rolaria morro abaixo e, dia após dia, precisaria ser reconduzida ao topo por toda eternidade. Da mesma forma, nossas políticas públicas parecem não surtir efeito, e nossos jovens ficam à margem da sociedade, anônimos, esquecidos e perdendo a subjetivação, sendo separados de suas famílias e tendo como destino e único caminho as ruas, sem perspectivas de futuro e oportunidades.

É preciso repensar essas políticas no sentido de provocar um olhar sobre si para chegar ao outro. Combater a miopia daqueles que preferem não enxergar que esses meninos e meninas, afetados por essas condições de risco social, terão poucas chances de prosperarem e darem contribuições positivas à sociedade. É preciso investir em propostas que beneficiem não só as crianças e os adolescentes, mas também mães, pais e responsáveis, pilares da estrutura familiar.

Nesta obra, os autores expõem condições adversas e, entendendo cada uma delas, permitem aos gestores desenhar programas, políticas e ações voltados às necessidades específicas de cada região e público-alvo.

Prof. Jaime Romero de Souza
Reitor Centro Universitário – Unileão

APRESENTAÇÃO

Tragédias acontecem. A necessidade de entender o que aconteceu e prevenir outras mais criou dispositivos engenhosos, como as famosas caixas-pretas. Instaladas em aviões, blindadas e reforçadas para suportarem grande carga, gravam dados de sensores distribuídos nos aviões, bem como áudios da cabine de comando. Escavamos entre os escombros. Mergulhamos nas profundezas. Procuramos achar respostas. A caixa-preta da infância a que este livro se refere é muita mais óbvia. Está presente nos faróis, deitada nas calçadas, dormindo sob as pontes. Às vezes, está no outro lado do mundo. Às vezes, dentro de nossas casas. Está nos jornais e na prática de qualquer profissional de saúde e de educação.

Este livro nos traz essa caixa preta com um compilado de tragédias anunciadas. Tão antigas quanto a própria humanidade e, infelizmente, ainda descaradamente atuais. As tragédias decorrentes da falta de proteção à infância. Não somente no contexto de caos social, mas também na riqueza e pujança de nações desenvolvidas.

Ao abrir essa caixa conosco, (você?) terá a impressão de ver uma caixa de pandora da infância no mundo atual. Um conjunto denso de informações sobre diversas formas de sofrimento mental, consequência do ambiente à nossa volta, desde o entorno familiar da criança até as condições políticas regionais e mundiais. Falaremos sobre as profundas, intensas e, por vezes, irremediáveis cicatrizes emocionais diretamente deixadas pela exposição na infância das combinações de violência sexual, miséria, guerras, doenças, fome e negligência estatal. Essas causas — tão óbvias, tão evidentes e crassas — saltam dessa caixa preta num soco em nossos estômagos, envergonhando alguns, irritando inconvenientemente outros.

No desenrolar do texto, o leitor terá a impressão, como nós temos, de ver "o grande monstro a se criar". Na verdade, ele sempre esteve lá. Podemos sentir sua presença diariamente em todo lugar. Não se esconde. Está nos faróis, nas bocas de fumo, nas calçadas, na floresta, na internet. Está em todos os lugares.

Claro que muitos leitores passaram por situações semelhantes e já conhecem o descrito aqui. A esses, peço cautela. Ao restante, tente ler nosso livro, se suportar, com o seguinte pensamento: e se fosse comigo? Será um desafio inusitadamente angustiante, para um livro técnico, e um motivador, para a luta de cada um de nós na proteção de crianças.

Caixas-pretas de aviões caídos são difíceis de achar. A caixa-preta aberta neste livro, à procura de dados e informações, está aberta e não consegue ser fechada. Como a caixa de pandora. E, ao contrário das caixas pretas dos aviões, é fácil de achar, abrir, observar.

Dr. Ricardo Riyoiti Uchida
Professor assistente e chefe do Departamento de Saúde Mental da Faculdade de Ciências Médicas da Santa Casa de São Paulo. Coordenador dos cursos de pós-graduação latu senso em Psiquiatria, Terapia Cognitivo Comportamental e de Saúde Mental da FCMSCSP. Coordenador das disciplinas de Psiquiatria e Psicopatologia do terceiro ano e Internato em Psiquiatria do sexto ano da graduação em Medicina. Preceptor de residentes do Programa de Residência Médica em Psiquiatria

SUMÁRIO

ABRINDO A CAIXA-PRETA 14
OS DIVERSOS COMPARTIMENTOS DE UMA CAIXA ABERTA 38
A CAIXA E SEUS RESQUÍCIOS DE POEIRAS...61
ENTENDENDO A ESTRUTURA DA CAIXA...72
PEQUENOS RASGOS NA CAIXA... 88
RASGOS SUB-REPTÍCIOS DA CAIXA 93
FECHANDO A CAIXA...100
A CAIXA NÃO FECHA...112
REFERÊNCIAS...117

Fico admirado quando alguém, por acaso e quase sempre sem motivo, me diz que não sabe o que é o amor. Eu sei exatamente o que é o amor. O amor é saber que existe uma parte de nós que deixou de nos pertencer. O amor é saber que vamos perdoar tudo a essa parte de nós que não é nossa. O amor é sermos fracos. O amor é ter medo e querer morrer.

(Jorge Luiz Peixoto, do livro A criança em ruínas)

ABRINDO A CAIXA-PRETA

As trajetórias de dor e sofrimento psíquicos não são tão fáceis de serem superadas. Muitos atalhos são escolhidos, no entanto nem sempre as tomadas de decisões são corretas. O que se observa na atualidade são crianças e adolescentes à margem de seus infortúnios, esquecidos em suas queixas, anônimos em suas vozes. Perambulam por entre diversos debates globais e nacionais, nichos familiares, salas de aulas, games, aplicativos e sites da internet que cedem lugar a diversos impulsos de exaltação psíquica, econômica e social, em que as imagens não são demasiadamente claras e distintas desses sujeitos, mas que, na verdade, são vividas com a nitidez de uma realidade arrasada pelo sofrimento e sem acesso às suas dores.

Estamos vislumbrando, a cada dia, uma crescente avalanche de sinais e sintomas que necessitam de uma urgente tradução nos níveis psíquico, social, cultural, espiritual e, particularmente, socioeconômico. Parafraseando Nasio (2007), atribuir um valor simbólico a uma dor que é em si puro real, emoção brutal, hostil e estranha, é o único gesto previsível que a torna suportável. O que significa então dar um sentido à dor e simbolizá-la? Não é, de modo algum, propor uma interpretação forçada da sua causa, nem consolar o sofredor, menos ainda estimulá-lo a suportar a sua pena como uma experiência formadora, que fortaleceria o seu caráter. Trata-se dar um sentido à dor do outro, significa afinar-se com a dor, tentar vibrar com ela e, nesse estado de ressonância, esperar que o tempo e as palavras se gastem.

Concretamente, entre as 35,5 milhões de crianças de até 12 anos no Brasil, há algumas para as quais a atenção à saúde mental fica em segundo plano. A história recente das políticas de saúde mental para crianças e adolescentes em situação de rua no Brasil possui um histórico de carência de informações que, por sua vez, impacta todas as fases das políticas públicas — desde sua formulação até a avaliação e o aprimoramento. No entanto, quando a tomada de decisão não é baseada em evidências ou quando as evidências raramente são produzidas e divulgadas com transparência, a descaracterização das políticas é inevitável, e suas consequências são reais no cotidiano de quem sofre (BARRANCOS; QUARTIERO; FREITAS, 2022).

Nesse contexto, há indícios de que o período pós-pandemia seja ainda mais crítico que o da pandemia em si. Do ponto de vista social, estamos olhando para questões relacionadas à vulnerabilidade socioeconômica e ao risco social da população infantil. O maior desafio para quem frequenta a Rede de Atenção Psicossocial é a insuficiência de recursos humanos e materiais (OLIVEIRA; PORTELA, 2022). A ansiedade, a depressão e a desesperança pioram. O suicídio já é a quarta principal causa de morte de 15 a 29 anos. A falta de tratamento, principalmente pela falta de acesso, agravou esse diagnóstico (SAÚDE MENTAL..., 2022). Desse modo, é importante destacar que uma a cada quatro crianças e adolescentes sofrem de depressão e ansiedade no Brasil.

Assim, os transtornos mentais em crianças e adolescentes são determinados por múltiplas causas, incluindo aspectos biológicos, psicológicos, sociais, financeiros e culturais. Embora não possamos determinar uma causa única para a doença mental, há aspectos que podem constituir "gatilhos" para o estresse e a angústia, como miséria, fome, vulnerabilidade, risco social, gênero e raça. Um diagnóstico de riscos psicossociais é primordial (TAWIL, 2022). É uma área historicamente negligenciada, por isso essas crianças e adolescentes permanecem à margem da sociedade, anônimos e solitários. Crianças e adolescentes em situação de rua são os mais afetados.

Obstáculos no acesso à alimentação, à higiene e a direitos são apenas algumas das dificuldades que essa população vivencia e enfrenta diariamente, tornando-a ainda mais vulnerável. Esse grupo, invisível por tantos anos e tão heterogêneo, precisa de proteção social (OLIVEIRA; PORTELA, 2022; SAÚDE MENTAL..., 2022; TAWIL, 2022). Há uma invisibilidade histórica no agravamento dos casos e problemas de saúde mental. É importante ressaltar que a situação da rua vai além da calçada e da fome. É insegura e angustiante. O estigma e a exclusão social têm um impacto negativo no bem-estar mental (ROCHA, 2022).

Essas crianças e adolescentes são alvo de situações de assédio moral e violência psicológica. Expostas à mendicância desde cedo, as crianças em situação de rua acabam se tornando trabalhadoras, seja acompanhando familiares nos semáforos, seja em atividades, como a coleta de recicláveis. O principal fator que envolve todas essas situações é a extrema pobreza (GAMEIRO, 2021). Essas crianças e adolescentes têm comportamento de guerrilha na rua pelo fato de existirem para sobreviver. A ausência de pesquisas traz consequências para a criação de políticas públicas em saúde mental específicas para essa faixa etária. A principal iniciativa é tornar obrigatórias as políticas públicas voltadas para a infância pensadas e implementadas (TAWIL, 2022; ROCHA; 2022; GAMEIRO, 2021).

Com efeito, crianças e adolescentes passam a noite nas ruas sozinhos, por motivos históricos e econômicos, além de conflitos familiares e violência. Fugir de casa é uma forma de combater espancamentos, agressões e confinamento. No momento, porém, vivemos um verdadeiro desmonte da pouca política pública que temos (TEIXEIRA; MESSIAS, 2022). O avanço da violência contra essa população continua. São entendidos como "menor" (termo pejorativo que indica que são menores de idade), envolvidos com o crime, "pequenos bandidos".

Bandidos, sem futuro, batedores de carteira, prostitutas e violentos. Para determinados setores da sociedade, eles devem ser recolhidos, medicalizados, presos, racializados, indesejados e exterminados (ROCHA, 2022; GAMEIRO, 2022; TEIXEIRA; MESSIAS, 2022).

A formulação de políticas públicas para essa população requer compreendê-la em termos de pobreza e racismo brasileiro, pois suas vidas são marcadas pela sobrevivência e por ciclos intergeracionais de pobreza e preconceito. Porém, uma pergunta sempre ficará: o Estado que marginaliza, vulnerabiliza, exclui e mata, consegue garantir direitos e priorizar a vida de todas as classes sociais e etnias que compõem o povo brasileiro? (SOUZA, 2020).

É fundamental integrar os Serviços Especializados de Abordagem Psicossocial e os Centros de Referência para Crianças e

Adolescentes em Situação de Rua com o trabalho social com as famílias, incluindo o atendimento psicológico à dor e ao sofrimento vivenciados por essas crianças e adolescentes (RIBEIRO, 2021). É preciso criar e implementar com eficiência políticas públicas, principalmente na oferta institucional de atendimento e na ampliação da estratégia assistencial. As crianças em situação de rua não parecem abandonadas pelo Estado. Há uma busca ativa, disfarçada de abandono (MARTINS, 2022).

Nesse enquadre situacional, é urgente salientar que a Ouvidoria Nacional de Direitos Humanos (Disque 100) recebeu 7.447 denúncias de estupro no Brasil nos primeiros cinco meses de 2022 — um aumento de 18,6% em relação ao mesmo período de 2021 (6.279). Dos registros de 2022, 5.881 têm crianças ou adolescentes como vítimas, o que representa quase 80% do total de denúncias (MAIA, 2022). É importante destacar que, só na cidade do Rio de Janeiro, foram registrados 102 estupros coletivos, envolvendo 243 agressores e 117 vítimas, pois, em alguns casos, mais de um alvo é atacado pelo grupo simultaneamente. Três em cada quatro vítimas são menores. Nesse âmbito, mais da metade é abusada com no máximo 11 anos de idade, sendo 45 crianças estupradas por mais de uma pessoa ao mesmo tempo antes de atingir a adolescência (MARINATTO; SERRA, 2022).

O aumento desses casos de estupro coletivo é chocante. É um crime de quadrilha, por um grupo de homens que estupra crianças e adolescentes. Essa característica coletiva denuncia o caráter cultural do estupro (PAÍS..., 2022). O dano potencial é devastador e pode persistir por toda a vida. Situações com múltiplos agressores podem ser ainda mais prejudiciais, pois, além de não terem desenvolvimento físico e cognitivo, as crianças podem se sentir ainda mais constrangidas, coagidas e incapazes de lidar com os impactos do abuso (ESTADO..., 2022).

Recentemente, uma juíza de Santa Catarina negou o direito ao aborto a uma criança de 11 anos vítima de estupro. A mãe da menina descobriu a gravidez, dias antes do aniversário da criança, após náuseas e crescimento anormal na região do abdômen. A menina foi internada em um abrigo por mais de um mês para evitar que ela fizesse um aborto legal (EM SANTA..., 2022). A submissão da criança, em audiência, a uma sessão de "condenação" em que lhe foi imposta a culpa pela "morte" do pretenso "bebê" (ou seja, fruto do crime de violação de que foi vítima) é um ato que precisa ser investigado criminalmente. Não é a primeira vez que um caso desse tipo ocorre no Brasil. É preciso lembrar que, em 2020, uma criança de 10 anos, estuprada pelo tio, acabou se tornando alvo de perseguição por tentar fazer aborto legal. É isso que faz a criminalização do aborto: um fanatismo que tortura meninas e adolescentes no Brasil (DORNELAS, 2022).

Estamos falando de vítimas muito vulneráveis, especialmente meninas mais jovens. A intimidação é um dispositivo frequentemente usado por abusadores para tentar se safar. Reclamar, quando há apenas um agressor, já é bastante difícil; quando há vários, é ainda mais complicado. Podemos afirmar com segurança que esses números são consideravelmente maiores porque existe todo um cenário que ainda favorece a subnotificação (MARINATTO; SERRA, 2022). Portanto, muito além das questões criminais e jurídicas, é necessário discutir a estrutura social que legitima a cultura do estupro coletivo. Há uma "enorme lacuna" entre o que é declarado na legislação sobre assistência às vítimas de estupro coletivo e a assistência real que as vítimas recebem. A política de saúde estabelecida para esses casos orienta que os serviços devem partir da palavra da criança ou adolescente; ou seja, anunciam-se que foram vítimas de violência sexual, devem ter acesso garantido ao aborto.

Contudo, não é isso que acontece no Brasil. Crianças e adolescentes são submetidas a um intenso regime de suspeição, que não as reconhece como vítimas do que anunciam, e acaba por lhes negar direitos (EM 75%..., 2022). É necessário um cuidado muito especial por parte dos profissionais de saúde no atendimento a essas crianças e adolescentes para evitar que o próprio cuidado se torne traumático — uma revitimização — e para que registros e procedimentos possam ser feitos, a fim de evitar a impunidade dos agressores. O Brasil deve garantir a essas vítimas atendimento especializado e acesso à interrupção da gravidez em condições seguras e livres de qualquer forma de discriminação.

O medo e a vergonha levam à impunidade e à falta de políticas públicas para enfrentar o problema. O silêncio é um acordo com a violência e a torna invisível (CASEFF, 2022). Enfrentar essa realidade desafiadora é ainda mais doloroso quando se trata do espectro de crianças e adolescentes negros e pobres. A ausência de políticas públicas efetivas, somada à existência de uma cultura velada e permissiva de violência sexual contra crianças e adolescentes em contexto de vulnerabilidade e risco social, faz transbordar um cenário de desamparo e esquecimento que deve ser enfrentado com urgência.

Um levantamento do Fundo das Nações Unidas para a Infância (Unicef), entre 2017 e 2022, mostrou que o Brasil registrou 179.277 casos de estupro ou estupro de pessoa vulnerável com vítimas de até 19 anos — uma média de quase 45 mil casos por ano. Dos envolvidos, crianças de até 10 anos representam 62 mil das vítimas. O Unicef afirma que o trabalho é uma importante contribuição para a compreensão do fenômeno da violência contra crianças e adolescentes no Brasil e um chamado à ação. Meninos e meninas têm o direito de viver e se desenvolver livres de violência; garantir-lhes esse direito é obrigação de todos (OLIVEIRA, 2022).

São tantas as armadilhas a essas crianças e adolescentes, que elas se perdem em suas batalhas diárias de sobrevivência afetivo-emocional. São "encarceradas" em estigmas e slogans, disputas políticas, comprometendo seu desenvolvimento físico, cognitivo, psíquico, social e espiritual, desembocando em diversos déficits em suas competências cognitivas, afetivas/emocionais, culturais e sociais.

Em termos globais, assistimos a uma degradação maciça dessa população. Todos os dias, o mundo registra casos de violência sexual perpetrados contra crianças e adolescentes por grupos ou forças armadas. Casos de estupro, escravidão sexual, gravidez forçada, aborto forçado e esterilização pedem um debate internacional sobre violência sexual subnotificada e estupro contra crianças e adolescentes em tempos de guerra. O uso de estupro como arma de guerra contra meninos foi documentado na Bósnia, no Sri Lanka e na República Centro-Africana. Cerca de 80% das agressões sexuais não são relatadas.

Além disso, em ambientes de conflito, há muitos desafios adicionais: falta de sistemas de notificação, estigma e medo de retaliação e falta de serviços para sobreviventes, especialmente crianças e adolescentes. Tudo isso significa que os casos notificados de violência sexual contra crianças e adolescentes em conflito são apenas a ponta do iceberg. As consequências da violência sexual para crianças e adolescentes, para suas comunidades e para sociedades em geral são devastadoras, por deficiências na prestação de serviços centrados na criança e sensíveis ao gênero, bem como por impunidade desses crimes (SAPIEZYNSKA, 2021; CONFLICT..., 2019; THE HIDDEN..., 2019).

A violência sexual durante a guerra, portanto, tem um impacto profundo na saúde física e mental. Além de causar danos físicos, está associada a um risco aumentado de uma série de relações sexuais imediatas e, a longo prazo, problemas de saúde, em meninos, e saúde reprodutiva, em meninas (BOYER; FINE, 1992; HOLMES et al., 1996; JEWKES et al., 2001). Seu impacto sobre a mente e a saúde pode ser tão grave quanto seu impacto físico e pode ser igualmente duradouro (BRIGGS; JOYCE, 1997). Mortes após violência sexual podem ser resultado de suicídio, infecção por HIV (FERGUSSON; HORWOOD; LYNSKEY, 1996) ou assassinato — este último ocorrendo durante uma agressão sexual.

A violência sexual também pode afetar profundamente o bem-estar social das vítimas; indivíduos podem ser estigmatizados e ostracizados por suas famílias e outros como consequência (CHOQUET et al., 1997; FLEMING et al., 1999; OLSSON et al., 2000). No Sudão do Sul, 2.300 casos de violência sexual, incluindo estupro, estupro coletivo e escravidão sexual, foram relatados em meados de 2018; 21% eram crianças (THE HIDDEN..., 2019). Rebeldes, milícias e forças de segurança cometem atos brutais. É importante notar que tal violência envolve atos sexuais completos, tentativas de atos sexuais, toque sexual abusivo e agressões sem contato, como assédio, ameaças, exposição forçada à pornografia, captura de imagens sexuais indesejadas, como filmagem ou fotografia (MURRAY; NGUYEN; COHEN, 2014). Os traumas vivenciados deixam cicatrizes em crianças e suas famílias por gerações após a guerra.

O que torna a violência sexual tão comum em todas as frentes de guerra e além? Estupro e violência sexual, no nível micro, podem ser o produto de intenções lascivas, transtornos mentais ou depravação, como a criminologia oferece. No entanto, no nível macro — em que os casos não são instâncias individuais, mas um coletivo de várias instâncias individuais acontecendo em vertiginosa velocidade —, é tudo uma questão de domínio. Como os homens lutam na guerra, há uma tendência de querer derrotar o inimigo. Qualquer vitória é uma vitória: não importa quão pequeno ou grande possa ser (JAYAKUMAR, 2013).

A violência sexual contra crianças e adolescentes é utilizada como arma de guerra porque é barata, fácil e extremamente eficaz para o perpetrador. Quando os combatentes estupram meia dúzia de meninos e meninas, não se trata apenas de impulsos sexuais, trata-se de vê-los como inimigos. Para eles, essa é uma "vitória" sádica ou, em termos mais específicos, uma forma de "ganhar uma guerra". Estupro e violência sexual em conflito não são sobre sexo ou luxúria, mas sobre dominação e sobre levar a violência sexual em tempos de paz a uma escala maior (SAPIEZYNSKA, 2021).

Para as Nações Unidas (CONFLICT..., 2019), os sobreviventes geralmente precisam de ajuda imediata. Cuidados de saúde, incluindo gerenciamento clínico abrangente de estupro para o atendimento das lesões, administração de medicamentos para prevenir infecções sexualmente transmissíveis, incluindo HIV, e gravidezes indesejadas. Os sobreviventes também podem precisar de apoio psicossocial para se recuperar do impacto psicológico e social da violência. Embora limitados, serviços de assistência médica e psicossocial pós-violação estão disponíveis em alguns centros urbanos, porém tais serviços estão tipicamente menos disponíveis nas áreas rurais, e o acesso ao apoio médico e psicossocial para sobreviventes de crises humanitárias agudas é extremamente limitado. Em períodos de conflito armado, os sobreviventes muitas vezes não procuram atendimento por causa de ameaças a suas vidas, estigma, pressão da comunidade, falta de disponibilidade ou conhecimento dos serviços. O estigma e a discriminação relacionados ao HIV geralmente têm profundas implicações para prevenção, cuidados e apoio.

Habitualmente, a dor e o sofrimento psíquico enfrentados são imensuráveis. Uma vez que essas crianças e adolescentes são aprisionados, a espiral de crueldade começa e progride para estupro ou inúmeras outras formas de tortura física e psicológica tendo o sexo como arma, por meio da humilhação, flagelação genital, penetração de objetos, incesto, castração e até esterilização. Há um círculo vicioso ao redor dessa brutalidade (BARCKERT, 2022). Adolescentes do sexo masculino estuprados têm suas lágrimas e silêncios escondidos. As meninas estupradas são esquecidas e deixadas à margem de suas histórias. Esses seres anônimos são negligenciados e continuam sendo vítimas.

Se fizermos um recorte e analisarmos as 10 milhões de crianças que precisam de ajuda humanitária no Afeganistão, ameaçadas por problemas, como desnutrição e direitos e violações, observaremos uma situação que pode piorar, dadas as consequências econômicas geradas pela pandemia da Covid-19 e pela seca, os conflitos e a deterioração econômica que atualmente afetam o Afeganistão.

Hoje, estima-se que uma em cada duas crianças menores de cinco anos no país sofre de desnutrição aguda grave e com a falta de acesso à água potável e à higiene em campos humanitários. Além disso, o risco de cólera e outras doenças continua a aumentar exponencialmente (DECLARAÇÃO..., 2021). Essas atrocidades são também evidência da natureza brutal e da escala da violência no Afeganistão, que afeta crianças já vulneráveis. Muitos deles foram separados de suas famílias pelo caos que se seguiu no país, depois que o Talibã assumiu o poder, e centenas deles foram expulsos do país desacompanhados (MAIS DE 10..., 2021). Cerca de 2 milhões de crianças precisam receber tratamento nutricional. O custo humano de hostilidades é enorme, particularmente no impacto do conflito na vida das crianças. Nesse contexto, estima-se que cerca de um milhão sofrerão de desnutrição grave e com risco de vida (CONFLITO DO..., 2021).

Assim, a escalada da violência no Afeganistão e suas consequências para as crianças levantam o alerta para um possível número de mortes se a situação não se estabilizar. Portanto, é imperativo monitorar a comunidade internacional quanto à resposta à intensificação da crise de deslocamento forçado, da qual

80% dos quase 250 mil afegãos forçados a fugir, desde o final do maio de 2021, foram mulheres e crianças (TAQUECE, 2021). É urgente minimizar os danos às crianças e priorizar sua proteção quando conduzir hostilidades, bem como proteger escolas e hospitais. O futuro das crianças, especialmente das meninas do Afeganistão, é sombrio.

De acordo com o estudo "Crianças e conflito armado no Afeganistão", promovido pela Organização das Nações Unidas (ONU) (CHILDREN AND..., 2021), a força-tarefa do país verificou 6.473 violações contra 6.131 crianças (4.358 meninos, 1.757 meninas e 16 de sexo desconhecido) de idades de meses a 17 anos. Dessas, 3.412 violações ocorreram em 2019, e 3.061 estupros ocorreram em 2020. Matar e mutilar continuam sendo as violações mais prevalentes, com 5.770 crianças mortas (1.635) e mutiladas (4.135).

O país observou que as vítimas infantis decorrentes de ataques complexos e suicidas (586) aumentaram 22% em relação aos dois anos anteriores, apesar de restrições de monitoramento e verificação, devido a sensibilidades em torno desses casos.

Nesse cenário, o surto da pandemia da Covid-19 exacerbou as vulnerabilidades das crianças e contribuiu para aumentar ainda mais a pressão sobre os cuidados de saúde, ao mesmo tempo que aumentou a pobreza, o desemprego e a segurança alimentar, todos fatores potenciais para a elevação do recrutamento e uso de crianças, rapto e violência sexual contra crianças (CAMERON *et al*., 2021; O'LEARY; BARBER, 2008). Isso é observado em estudos atuais (CORBOZ *et al*., 2019; INTERNATIONAL LABOUR ORGANIZATION – ILO, 2018; CHILDREN AND..., 2021), os quais mostram que a violência sexual contra crianças por partes conflitantes continua a ser um problema subnotificado e muitas vezes não resolvido, tornando difícil estabelecer a prevalência e todo o espectro de casos.

A informação consistentemente disponível indica que, apesar da criminalização do *bazi* (*bacha bazi*, gíria para abuso sexual infantil entre homens velhos e adolescentes mais novos ou meninos) na revisão do Código Penal — que entrou em vigor em fevereiro de 2018 —, a responsabilização continua sendo um desafio central, sem mecanismos de resposta para fornecer apoio e proteção aos sobreviventes, e as crianças vítimas sendo frequentemente tratadas como criminosas e colocadas em centros de reabilitação menores.

Quem são, principalmente, essas crianças? Precisamos responder a essa pergunta. Podemos produzir globalmente a resposta? Existe uma falsa presunção de cuidados para essas crianças e doença psíquica? Qual é a falsidade?

Essas situações em sua totalidade são, de fato, a prova mais clara para compreender a natureza e os mecanismos das dores do sofrimento em que vivem essas crianças e esses adolescentes. São dores de abandono, de humilhação, dor de mutilação. Todas essas dores são, em diversos graus, dores de amputação brutal de uma sociedade injusta e cruel.

Assim, ao pensarmos na sua natureza incerta, identificamos situações comuns, emergentes e confluentes, ao demonstrarmos as ameaças e o imenso sofrimento causado às crianças e aos adolescentes iemenitas. A situação humanitária no Iêmen diz respeito a diferentes agências da ONU, que pedem mais fundos para ajudar essa população (ALYAHRI; GOODMAN, 2008; CONFLITO DO..., 2021). O país está a caminho de completar sete anos de conflito civil. O conflito em curso entre o governo do Iêmen (IRG), mais conhecido como *Houthis*, internacionalmente reconhecido, aumentou em 2015.

Após a tomada da capital pelos *houthis*, Sana'a, a coalizão liderada pela Arábia Saudita interveio militarmente, apoiando o governo. Desde então, o conflito resultou em uma grave crise humanitária: mais de 18.557 vítimas civis relatadas entre março de 2015 e novembro 2020, até 4,3 milhões de pessoas deslocadas, severas restrições de acesso e uma desaceleração econômica deixando mais de 20,7 milhões de pessoas (66% a população) que necessitam de assistência humanitária (COVID-19: UNPACKING..., 2020; MAIS DE 10..., 2021).

O Iêmen tem sido historicamente dividido por diferentes identidades políticas, tribais, étnicas e religiosas. O conflito atual tem fragmentado ainda mais o Iêmen em três áreas principais de controle. Em setembro de 2021, os *houthis* controlavam a maior parte do norte e centro. O Conselho de Transição do Sul (STC), apoiado pelos Emirados Árabes Unidos, controla parte do sul do Iêmen (principalmente Aden e Socotra), e o IRG controla o resto das províncias do sul e do leste. O conflito ativo entre os *houthis* e o IRG em 2020 se intensificou, em algumas áreas, abrindo sete novas linhas de frente ao longo das fronteiras dos governadores Ma'rib, Sana'a e Al Jawf (SHAMEFUL..., 2021; MAIS DE 10..., 2021).

Em Al Hodeidah, Ad Dali', Al Bayda, Sa'dah e Ta'iz, o conflito continua intermitente sem grandes mudanças desde que o acordo de Estocolmo foi assinado em dezembro de 2018. Discussões para implementar o acordo de Riad, assinado em novembro de 2019, entre o IRG e o STC, foram resumidas em julho de 2020 após o aumento das tensões entre as duas partes em Abyan em maio 2020. As negociações sofreram vários retrocessos, e a implementação do plano permanece estagnada apesar da formação de um novo Gabinete em 18 de dezembro de 2020, incluindo membros do IRG e do STC (AGER *et al.*, 2011; CONFLITO DO..., 2021).

Até o fim de 2022, espera-se que 16,2 milhões de pessoas no Iêmen enfrentem altos níveis de insegurança alimentar aguda (IPC Fase 3 ou superior). A guerra econômica entre o IRG e os *houthis* também levou à escassez de combustível e produtos básicos. Crianças e adolescentes iemenitas sofreram ainda surtos de doenças, incluindo Covid-19, cólera, difteria e dengue. Estima-se que milhões de crianças e adolescentes careçam de cuidados de saúde adequados, e apenas 50% das unidades de saúde permanecem em pleno funcionamento. Isso é exacerbado pela natureza inerente da guerra, que aumenta a vulnerabilidade das crianças (AGER *et al.*, 2011; BUILD..., 2021; VENEZUELA REACH..., 2021).

De fato, é importante destacar que, a cada 10 minutos, uma criança iemenita perde a vida por desnutrição. Existem mil mortes por semana no país — considerado um dos lugares mais difíceis do mundo para ser criança. O colapso total é iminente na base serviços, como saúde, água potável, saneamento e educação, pois esses enfrentam deficiências (ACUTE..., 2021). Desnutrição refere-se a uma deficiência nutricional em calorias ou proteínas, devido ao consumo insuficiente ou à dificuldade de absorção dos nutrientes necessários. Essa condição é um problema de saúde pública e geralmente está associada a repercussões negativas no estado físico e mental saúde dos indivíduos afetados (AL-ZANGABILA *et al.*, 2021). Ao analisar a desnutrição infantil, seus efeitos são ainda mais intensificados, pois o risco de morte por desnutrição é maior em crianças do que em adultos, quando não há tratamento (FEKRI *et al.*, 2019a).

O Iêmen é o país mais pobre do Oriente Médio e norte da África e, desde março de 2015, enfrenta uma significativa crise humanitária e crise de segurança. A atual guerra nesse país exacerbou os problemas sociais preexistentes, incluindo pobreza, problemas de saúde e escassez de itens básicos, como água, combustível e remédios. O Iêmen é altamente dependente de alimentos importados, e a atual situação armada bloqueou seu transporte, o que causou uma crise alimentar (FEKRI *et al.*, 2019a). O Índice Global do Iêmen — por meio dos indicadores do GHI — diz respeito: à prevalência de desnutrição em 45,4%, à taxa de raquitismo infantil estimada em 51,4%, à taxa de emaciação estimada em 15,1% e a uma taxa de mortalidade de bebês e crianças menores de 5 anos de 5,8% (ACUTE..., 2021; GLOBAL HUNGER INDEX – GHI, 2021).

A desnutrição infantil, que já era prevalente, intensificou-se após a guerra (AL-ZANGABILA *et al.*, 2021). De acordo com organizações não governamentais que trabalham para combater a fome, estima-se que 370 mil crianças no Iêmen estão gravemente desnutridas. Além disso, segundo dados do Unicef, 9,9 milhões de crianças precisam de alguma forma de assistência nutricional no país, e dez de 22 crianças do Iêmen estão à beira da fome (THE STATE..., 2021). O estado nutricional das crianças iemenitas é avaliado por índices antropométricos de baixa estatura (baixa estatura para idade), magreza (baixo peso para altura) e baixo peso (baixo peso para a idade).

A Organização Mundial da Saúde (OMS) define a desnutrição infantil como crítica quando a prevalência de nanismo ultrapassa 40% e o baixo peso 15% (AL-SADEEQ *et al.*, 2019). Segundo dados do Instituto Nacional de Saúde e Demografia do Iêmen, em crianças menores de 5 anos, a taxa de déficit de estatura e perda de peso é de 47%, 39% e 14%, respectivamente (MINISTRY OF PUBLIC HEALTH AND POPULATION – MOPHP, 2015).

O nível de desenvolvimento social influencia o estado nutricional das crianças (AL-ZANGABILA *et al.*, 2021; FEKRI *et al.*, 2019a). Estudos mostram que as chances de desnutrição diminuem com o aumento da escolaridade da mãe, do índice de riqueza e da frequência de consultas de acompanhamento de saúde. Além disso, à medida que as crianças envelhecem, a gravidade da desnutrição aguda diminui. As taxas de desnutrição aguda são mais altas em crianças menores de 24 meses em comparação com crianças de 24 a 59 meses (FEKRI *et al.*, 2019a).

A localização geográfica também influencia a prevalência da desnutrição infantil (AL-ZANGABILA *et al.*, 2021; FEKRI *et al.*, 2019a). As taxas de desnutrição (baixa estatura e baixo peso) são mais prevalentes nas regiões serranas do país, enquanto no litoral predominam sinais de desnutrição aguda, como edema e alterações na cor da pele. Além disso, nas áreas rurais, a presença de nanismo e baixo peso são mais prevalentes do que nas áreas urbanas. A disparidade de saúde entre áreas urbanas e rurais é causada por diferentes fatores. Programas de ajuda financeira, nas áreas rurais, e equidade social são políticas eficazes para reduzir a desigualdade entre as regiões (ABDULAZIZ *et al.*, 2017; AL-SADEEQ; BUKAIR; AL-SAQLADI, 2019; MOPHP, 2015; TALAL *et al.*, 2020).

Somente em 2021, o aumento de crianças deslocadas pela violência subiu para 1,7 milhão. A desnutrição afeta a criança, a curto e longo prazo, particularmente, no seu crescimento e desenvolvimento (AL-SADEEQ *et al.*, 2019; AL-ZANGABILA *et al.*, 2021). Estudos realizados com crianças do Iêmen encontraram uma prevalência de baixa estatura de 31,2% entre crianças menores de 2 anos. A baixa estatura em crianças nessa faixa etária pode levar a efeitos deletérios sobre a capacidade cognitiva, com impacto adverso no desempenho acadêmico e profissional na vida adulta. Assim, há uma necessidade urgente de estratégias para melhorar o estado nutricional das crianças e garantir um crescimento e desenvolvimento saudáveis (ALYAHRI; GOODMAN, 2008; OLEG; EVA, 2018).

Desse modo, as atrocidades e o imenso sofrimento causado deixaram uma geração de crianças iemenitas com cicatrizes ao longo da vida. É urgente que todas as partes trabalhem ativamente para uma solução política para o conflito se quiserem salvar as crianças de mais danos. Meninos e meninas são o futuro do Iêmen. As partes conflitantes devem protegê-las do uso e abuso e começar a tratar as crianças como o bem precioso que elas são.

A pandemia da Covid-19 e as restrições relacionadas exacerbaram esses desafios de acesso existentes. Os ataques à educação continuaram, com 37 ataques registrados contra escolas e 80 colocadas para o uso militar, prejudicando ainda mais os direitos de meninos e meninas à educação. Atualmente, mais de 2 milhões de crianças estão fora da escola. Trazer os direitos e as necessidades das crianças para as discussões também é fundamental para sustentar a paz e criar um futuro melhor para o país. O terrível pedágio que a guerra no Iêmen causa deve terminar. A paz é a única solução, e as crianças sobreviventes precisam de apoio para curar e reconstruir suas vidas (AL-ZANGABILA *et al.*, 2021; FEKRI *et al.*, 2019b; MAIS DE 10..., 2021). O Iêmen precisa urgentemente desenvolver e avaliar programas que ensinem a usar recompensas culturalmente apropriadas e sanções não abusivas para moldar o comportamento das crianças sem prejudicar seu desenvolvimento acadêmico e emocional.

Quer se trate de uma dor corporal provocada por diversos fatores, quer se trate de uma dor psíquica provocada pela ruptura súbita com o que existe de mais íntimo a essas crianças e adolescentes, ela vai se formando nos espaços de instantes incontroláveis. De fato, esse estado de choque é observado nas crianças sírias. Elas enfrentam vários riscos em termos de saúde e bem-estar, incluindo doenças transmissíveis e não transmissíveis, transtorno de estresse pós-traumático (TEPT), depressão, violência familiar, trabalho infantil e casamento (SAHIN *et al.*, 2020).

A crise na Síria, que começou em março de 2011, resultou no deslocamento de 6,3 milhões de refugiados para países vizinhos e desenvolvidos (CAPPA; PETROWSKI, 2020; SIMON; LUETZOW; JON, 2020; ACNUR, 2017) e no deslocamento interno de 6,2 milhões de pessoas (ACNUR, 2017). Riscos relacionados a eventos traumáticos parecem bastante proeminentes no caso de crianças sírias. Um estudo conduzido pelo Alto-comissariado das Nações Unidas para os Refugiados (Acnur), em 2015, descobriu que o maior risco para crianças refugiadas sírias era uma preocupação psicológica (51%), seguido por abandono escolar (25%) e trabalho infantil (11%) (ACNUR, 2017). Os conflitos armados e deslocamentos impactam a saúde mental das crianças, que é fortemente mediada pelo comprometimento dos pais e pelo estresse persistentemente alto do cuidador (MILLER *et al.*, 2020).

É importante destacar que, mesmo após a expulsão do Estado Islâmico, em 2019, a Síria continua em uma guerra civil que dura mais de dez anos. A destruição está em toda parte. Em meio à fome, a chegada de caminhões com lixo da base norte-americana aumenta expectativas. É a chance de encontrar algo diferente, como biscoitos, salgadinhos, ou mesmo as chamadas "refeições prontas" dos militares. Quando o balde se abre, começa uma disputa entre crianças e adolescentes para saciar a fome (G1 – FANTÁSTICO, 2021).

Vê-se bem que é essencial demarcar que, desde o início de 2022, 62 crianças morreram no campo de Al Hol devido a desnutrição, doença, problemas de saúde ou incêndio, representando uma média de duas crianças por semana. Em Al Hol, apenas 40% das crianças têm escola educação, e 55% das famílias de Roj afirmam conhecer uma criança menor de 11 anos que trabalha (MAIS DE 60..., 2021). Assim, 90% das crianças precisam de apoio, porque a violência, a crise econômica e a pandemia da Covid-19 levam as famílias ao limite. O número informado de crianças com sintomas de sofrimento psicossocial duplicou entre 2020 e 2021. A exposição contínua à violência, ao choque e ao trauma causa um impacto significativo na saúde mental das crianças, com implicações tanto a curto como a longo prazo. Os adolescentes são vistos como uma ameaça potencial.

Quando atingem a adolescência, são transferidos para centros de detenção de maior segurança, longe de suas famílias, dessa forma são um perigo para si e para os outros (SHAMEFUL..., 2021). O Observatório Sírio para os Direitos Humanos – SOHR (OLD..., 2021) atribui a morte desses menores a "más condições de vida e saúde".

Nesse contexto, é importante mencionar que as crianças sírias são diariamente expostas a uma série de eventos traumáticos durante a guerra, como testemunho de explosões ou tiroteios (70%), perda de alguém importante para eles (56%), pessoas mortas ou feridas (55%) ou pessoas sendo torturadas (43%) (GORMEZ et al., 2018). Crianças e adolescentes que foram expostos a níveis mais elevados de atrocidades de guerra evidenciaram a maior prevalência de TEPT e desregulação emocional. A sintomatologia do TEPT e a desregulação emocional em crianças e adolescentes variam de acordo com os estilos de enfrentamento, relações familiares e ambiente escolar (KHAMIS, 2020).

Centenas de crianças estão detidas em prisões para adultos no nordeste da Síria, segundo o Comitê Internacional da Cruz Vermelha (CICV), que revelou, pela primeira vez, essa situação de detenção. As crianças, em sua maioria meninos, alguns com apenas 12 anos de idade, são mantidas em prisões, lugares a que simplesmente não pertencem. Elas são levadas para prisões depois de serem removidas de Al-Hol, um acampamento no deserto administrado por Forças curdas sírias para 60 mil pessoas de mais de 60 países, conforme explicado pela organização de ajuda (MILHÕES..., 2021).

Médicos Sem Fronteira (2021) alertam que há um surto de diarreia em curso, e as crianças estão particularmente vulneráveis. Muitas ficam desnutridas. Quase 80% dos pacientes são crianças menores de 5 anos com sintomas agudos de diarreia aquosa. O impacto do conflito na saúde mental também é claro. Nos últimos 12 meses, de janeiro a dezembro de 2021, os jovens na Síria dormiram distúrbios (54%), ansiedade (73%), depressão (58%), solidão (46%), frustração (62%) e angústia (69%) por causa do conflito.

Apesar da proteção que lhes é conferida pelo direito internacional, as crianças são vulneráveis a todos os tipos de perigos. Da desnutrição à carência da educação, são elas que mais sofrem nas guerras (MILJÕES..., 2021). O Relatório do Secretário-Geral da ONU sobre crianças e conflitos armados confirmou mais de 4.724 violações graves na Síria em 2020, incluindo assassinatos, mutilações, recrutamento e uso de crianças em hostilidades. Além disso, pelo menos 58 mil crianças do chamado Estado Islâmico do Iraque e do levante de 57 países ainda estão detidas em campos de detenção miseráveis, administrados pelas Forças de Defesa Sírias apoiadas pelos curdos em nordeste da Síria (CONFLITO NA..., 2021). O acesso à proteção é quase impossível, e há mortes diariamente.

Até agora, todos os governos dos países pertencentes ao Oriente Médio de origem sabem — ou têm muitas razões para saber — sobre as condições de risco de vida. As condições são excruciantes nos campos de Al Hol e Roj, registrando sérios danos a adultos e crianças. Os governos dos países de origem muitas vezes se recusam a repatriar seus cidadãos. Essas ações equivalem a abandonar os seres humanos em condições em que são arbitrariamente detidos e, em última análise, podem não sobreviver. As crianças que sobrevivem são prejudicadas, todos os dias, pela privação educacional e por outras condições que podem afetá-las negativamente ao longo da vida. Crianças e adultos enfrentam doenças e mortes evitáveis, bem como outras passam por sofrimentos graves e desnecessários que podem resultar em danos físicos e efeitos psicológicos (FACHE; SHARROCK, 2021; RIGHTS & SECURITY INTERNATIONAL, 2021; WHEN..., 2021). O debate global destaca que onde os sistemas nacionais não estão bem estabelecidos, choques adicionais trazem um fardo extra. Além disso, vulnerabilidades podem ser intensificadas em crianças e adolescentes.

Entretanto, isso pode ser visto na forma como as questões sociais são abordadas, como casamento infantil, trabalho infantil e violência doméstica. Contudo, uma resposta unificada com envolvimento mais profundo do lado do governo é necessária no contexto atual para melhor abordar essas questões (CAPPA; PETROWSKI, 2020; SAHIN *et al.*, 2020; SIMON *et al.*, 2020).

Essas crianças e esses adolescentes são testemunhas de uma brutalidade humana de algozes ferozes por disciplina, controle e corpos doceis — mutilados, esquartejados, pedintes, violentados, estuprados, esfomeados e doentes. Essa rebelião contra o destino, essa renegação da perda é, algumas vezes, tão tenaz que crianças e adolescentes são enlutados em vida, sepultados em seus afetos e suas emoções.

Maior exemplo dessa situação foi a descoberta da nova variante do coronavírus mais transmissível pelas autoridades de saúde sul-africanas, o que despertou preocupação para crianças e adolescentes pobres, marginalizados e anônimos em países com forte tendência à vulnerabilidade e risco social (BRASIL *et al.*, 2021). Nesse contexto, a OMS (WHO, 2021) denominou a variante identificada do vírus corona, B.1.1.529, de Ômicron. Essa variante rapidamente se espalhou pelo mundo e pelo Brasil.

As crianças e os adolescentes na África do Sul, devido às condições precárias em que vivem e à crise de saúde que as cercam, sinalizaram um alerta global, pois sentiram mais rapidamente os efeitos que essa variante pode causar, resultando em evasão imune.

A nova versão do vírus foi detectada, em 22 de novembro de 2021, na província de Gauteng, cuja capital é Joanesburgo, e trouxe uma série de mutações que já haviam sido vistas, mas não correspondidas. O que aconteceu foi inevitável, consequência do fracasso do mundo em vacinar equitativamente, com suavidade e rapidez; resultado do inaceitável acúmulo (de vacinas) por países de alta renda do mundo (WEEKLY..., 2021).

É fundamental refletir que a África do Sul tem o maior número de pandemias na África, com aproximadamente 2,95 milhões de casos, dos quais 89.657 foram fatais (PANDEMIC...,2021).

O Instituto Nacional de Doenças Transmissíveis da África do Sul estendeu, na época, a vacinação da Covid-19 para adolescentes de 12 a 17 anos. Essa faixa etária representou 14,7% de casos recém-relatados de Covid-19, em comparação com um pico de cerca de 20% no meio do terceiro ressurgimento. Em meados de outubro de 2021, crianças de 10 a 19 anos representavam 9,2% de todos os casos de Covid-19 notificados desde o início da pandemia. O que é particularmente importante para adolescentes com doenças subjacentes, como diabetes, câncer, HIV e obesidade. Nesse contexto, adolescentes com doenças de base correm maior risco de morte por Covid-19 em comparação com adolescentes sem doenças de base. Essas condições subjacentes representaram 22% dos adolescentes internados no hospital com Covid 19, mais 60% daqueles que morreram por conta dessa doença (WEEKLY..., 2021; PANDEMIC..., 2021; COVID-19 NO..., 2021).

Devemos dar visibilidade a crianças e adolescentes vítimas de diferentes experiências, localizadas na intersecção de uma série de marcadores que produzem desigualdade e assimetria na saúde/relações da doença. A injustiça estrutural enfrentada por esse grupo levanta um importante lugar na produção do conhecimento científico. O que seria a verdadeira verdade?

A dor e a aflição de todas essas crianças e adolescentes são sentimentos exclusivamente provocados por humilhação, mutilação, agressão, abandono, fome e exclusão social. Todas essas dores são, em diversos graus, consequência de amputação brutal de um destino preexistente, que regula a desarmonia das suas inocências. Ao observarmos as crianças e os adolescentes venezuelanos, vislumbramos um sentimento obscuro, difícil de definir e mal apreendido. Há nisso um desafio de constatar rupturas psíquicas, violentas e súbitas, em que é suscitado imediatamente um intenso sofrimento.

A Venezuela, nessa reflexão, passa, há vários anos, por uma grave crise sociopolítica e econômica, que se agravou significativamente pelo caos político em curso. Alto desemprego e difícil acesso a alimentos e outras necessidades básicas, incluindo medicamentos, forçaram milhões de venezuelanos a fugir do país em busca de uma vida melhor (VENEZUELA:..., 2021).

A realidade multifacetada da migração internacional revela enormes desafios que afetam diretamente a vida de crianças e adolescentes, especialmente os mais vulneráveis, e demandam respostas urgentes dos poderes constituídos e da sociedade civil diante de inúmeras violações aos direitos humanos que essas pessoas experimentam (UPDATE..., 2021; OLIVEIRA, J., 2021). Evidências recentes (CORNIA; JOLLY; STEWART, 2020; CUARTAS, 2020; REPORT..., 2020) destacam que há muitas crianças entre os mais de 5,6 milhões de venezuelanos que deixaram seu país nos últimos anos. Foram registradas 1.120 mortes de crianças e adolescentes por causas violentas, das quais 559 (49,9%) são mortes de menores de 12 anos, e 561 (50%) casos correspondem a óbitos de adolescentes.

Essa proporção nas faixas etárias é diferente quando os dados são analisados por tipo de óbito. É possível observar que, no caso de homicídios, 76% são mortes de adolescentes (que a polícia e as agências chamam de "mortes por resistência à autoridade"). Na categoria de Óbitos em Investigação, a taxa é diferente, 84% desses óbitos são de menores de 12 anos. Ao todo, essas estatísticas permitem identificar que, a cada dia, três crianças e adolescentes morrem de mortes violentas. Ocorreram 21 mortes de crianças e adolescentes todas as semanas do ano de 2021. Esses dados confirmam que essa população sofre uma epidemia que causa mortes evitáveis e deve ser atendida com as medidas preventivas necessárias. É possível analisar um fato relevante: as mortes de meninas (0 a 11 anos) atingem 25,7% de todas as mortes nessa população de 0 a 17 anos. Uma percentagem crescente e muito preocupante (UPDATE..., 2021; REPORT..., 2020; LATIN..., 2020).

Segundo o Unicef (2021a), 3,2 milhões de crianças precisam de assistência humanitária em todo o país, das quais 1,3 milhão enfrentam desafios no acesso à educação. Algumas mulheres e meninas venezuelanas viajam por horas ou dias para cruzar a fronteira colombiana e ganhar dinheiro como trabalhadoras do sexo. O Programa Alimentar Mundial – PAM (WORLD..., 2021) chegou a um acordo com a Venezuela para fornecer alimentos para 185 mil crianças — principalmente portadores de necessidades especiais e jovens demais para ir à escola. Esse é o primeiro passo em um plano plurianual para reduzir a taxa de desnutrição infantil, que aumentará o número de crianças que recebem alimentos para 1,5 milhão meados de 2023.

O PAM estima que 7,9% da população sofre de insegurança alimentar e outros 24% têm insegurança alimentar moderada, o que corresponde a quase 10 milhões de pessoas (WORLD..., 2021). Nesse contexto, adolescentes e mulheres jovens (10-24 anos) são um grupo negligenciado, e suas necessidades de saúde sexual e reprodutiva (SSR) são frequentemente ignoradas. O problema do trabalho infantil foi alimentado por uma migração em massa de mais de 5 milhões de venezuelanos que transformaram muitas crianças em sustento para suas famílias. A pandemia agravou os fatores de risco para o trabalho infantil. O trabalho vai desde lixões até a agricultura, acrescentando o fato de que as crianças nas áreas rurais são mais propensas a depender de assistência pública e correm maior risco de serem recrutados por gangues (PANDEMIC..., 2021).

Também é importante mencionar que a falta de energia elétrica, de comida e de água no país fez com que várias escolas fechassem muitas vezes por semanas. Como resultado, algumas crianças perderam 40% do tempo de aula. A escassez de alimentos levou professores à fila do supermercado para alimentar suas famílias em vez de estarem ensinando em sala de aula; alguns até trocavam leite e farinha por aprovação. Escolas lutaram para encontrar suprimentos para imprimir boletim e colocar comida no refeitório.

Altas taxas de criminalidade significam que muitos estudantes têm medo de ir à escola (VENEZUELA REACH..., 2021). Como a crise na Venezuela se aprofunda, um número crescente de crianças precisa urgentemente de abrigo, proteção e acesso a serviços básicos, incluindo alimentos, remédios, água potável e saneamento. Crianças e jovens em trânsito estão particularmente em risco de atividade criminosa ou de serem separados de suas famílias. Mulheres e meninas continuarão a ser desproporcionalmente afetadas por essa crise humanitária, especialmente em termos de risco de violência de gênero e tráfico de pessoas (VENEZUELA CRISIS..., 2021). Além da falta de comida, água, abrigo e proteção, as crianças estão perdendo a educação.

As famílias não conseguem comprar material escolar, alimentos e outras necessidades para enviar seus filhos à escola. As consequências da crise humanitária para as crianças podem ser devastadoras para o futuro do país. Especialistas alertam que a Venezuela pode perder uma geração inteira de crianças (UNICEF, 2021a; UPDATE..., 2021; OLIVEIRA, 2021; LATIN..., 2020).

Estou sozinho de olhos abertos para a escuridão, estou sozinho. Estou sozinho e nunca aprendi a estar sozinho, estou sozinho. Sinto falta das palavras, estou sozinho, estou sozinho. Sinto falta de uns olhos onde possa imaginar. Estou sozinho. Sinto falta de mim em mim. Estou sozinho, estou sozinho. Estou sozinho.

(Jorge Luiz Peixoto, do livro *A criança em ruínas*)

OS DIVERSOS COMPARTIMENTOS DE UMA CAIXA ABERTA

A recusa de admitir o caráter irremediável das consequências físicas e psíquicas a crianças e adolescentes avizinha-se de uma brutalidade que não atenua a dor. A dor reaparece tão viva quanto antes. Diante de tantos acontecimentos, esses sujeitos ficam à mercê dos sinais e dos lugares associados as suas dores.

Segundo a OMS (2021) 1,4 milhão de crianças e adolescentes brasileiros atendidos na atenção primária são obesos. Paralelamente, até a década de 1990, a desnutrição infantil esteve presente na maioria dos grupos populacionais do Brasil. Entre 1996 e 2006, o percentual de pessoas desnutridas atingiu 6,5% da população infanto-juvenil (OMS, 2021). Assim, no século XXI, o país vive pelo menos duas epidemias, obesidade e desnutrição, como parte de um complexo processo de transição nutricional, e Covid-19.

A pandemia da Covid-19 aumentou ainda mais o risco nutricional de adolescentes no Brasil. Segundo dados do governo brasileiro, pelo menos 13% das famílias com crianças e adolescentes menores de 18 anos tiveram problemas de acesso a alimentos por falta de dinheiro. Em paralelo, 61% das famílias aumentaram o consumo de *fast-food* e refrigerantes e diminuíram o consumo de frutas e hortaliças (MINISTÉRIO DA SAÚDE, 2021).

Embora o país tenha alcançado alguns sucessos, nos últimos 30 anos, como reduzir a desnutrição crônica de 19,6% (1990) para 7% (2006) (SITUAÇÃO..., 2021), os grupos mais vulneráveis como negros, povos indígenas, quilombolas e ribeirinhos ainda convivem com essa realidade, que impacta a saúde física e mental (BRASIL *et al.*, 2021).

Essa situação é preocupante: a obesidade infantil é responsável por doenças orgânicas (por exemplo, aumento da taxa de diabetes tipo II, hipertensão arterial sistêmica, dislipidemia, síndrome coronariana, risco cardiovascular, osteoporose, osteoartrite e certos tipos de câncer) e transtornos psicológicos (por exemplo, estigmatização devido ao peso, que pode vir como forma de *bullying*, transtornos alimentares, desejos e/ou expurgos alimentares) (KLEINERT; HORTON, 2019; LEME et al., 2020). Ao mesmo tempo, a desnutrição aumenta a chance de atraso cognitivo, infecções recorrentes, deficiências de micro e macronutrientes, estigmatização e morte (NASCIMENTO; RODRIGUES,2020).

Como fatores responsáveis por essa configuração, podemos destacar: (I) a intensificação do processo de urbanização; (II) a diminuição da renda das famílias brasileiras nos últimos anos; (III) a diminuição do acesso a serviços escolares, pois muitas escolas de tempo integral no Brasil são responsáveis por oferta de refeições para crianças/adolescentes de famílias mais pobres, (IV) e a falta de nutrição materna adequada. Pesquisa realizada pelo Unicef, em parceria com o Instituto Brasileiro de Geografia e Estatística (IBGE), demonstrou que, após a pandemia, houve um aumento de famílias brasileiras trabalhando sem carteira assinada (86%), com 55% relatando queda na renda (BRASIL, 2020). De acordo com a Sociedade Brasileira de Pediatria, mais da metade (58%) das famílias com crianças e adolescentes relatou mudanças nos hábitos alimentares no mesmo período. Para 31%, houve aumento no consumo de alimentos industrializados, como chocolate, biscoito recheado, macarrão instantâneo e enlatados (FAMÍLIAS..., 2021).

Portanto, apesar de a segurança alimentar ser um direito humano contemplado no artigo 25 da Declaração Universal dos Direitos Humanos (1948) e reiterada pelo artigo 6º da Constituição Federal Brasileira publicado em 2010 (BRASIL, 2021), o país ainda tem um longo caminho a percorrer. Com o advento da pandemia da Covid-19, houve um aprofundamento da pobreza, da miséria e da fome no país, o que refletiu diretamente na renda das famílias e colocou crianças/adolescentes em situação de extrema vulnerabilidade. Algumas ferramentas podem ser importantes no combate a esse grave problema de saúde pública, tais como: investimento estratégico em políticas de distribuição de renda no curto e médio prazo, associadas à promoção do emprego/renda a médio e longo prazo; proteção de crianças e adolescentes, por meio da regulamentação da comercialização de alimentos e bebidas não saudáveis; programas estruturados de reeducação alimentar na atenção primária à saúde e escolas; compra pública de alimentos e incentivo da agricultura familiar.

Se quiséssemos representar essa parte de insatisfação que rodeia o infantojuvenil, o vazio de um futuro estaria diante de nós. O trajeto de políticas públicas apresenta-se instável, sem descreve uma linha reta segura, mas uma oscilação que atrai e (re)anima o movimento de novos infortúnios e espaços de doenças.

Nesse sentido, a prolongada pandemia da Covid-19 aprofundou as desigualdades que há muito que impulsionam a epidemia de HIV, colocando crianças, adolescentes, mulheres grávidas e lactantes vulneráveis em maior risco de falta de prevenção e tratamento de HIV e de serviços que salvam vidas. A pobreza crescente, os problemas de saúde mental e o abuso aumentam o risco de infecção para crianças e mulheres. De forma alarmante, duas em cada cinco crianças que vivem com HIV, em todo o mundo, desconhecem seu status, e apenas mais da metade recebe tratamento antirretroviral (A CHILD..., 2021).

Nesse contexto, as atuais desigualdades na testagem do HIV e no tratamento para crianças infectadas, bem como a cobertura histórica de serviços para prevenir a transmissão vertical do vírus impulsionam as tendências anuais na mortalidade relacionada à Aids. As reduções nas mortes relacionadas à Aids entre crianças e adolescentes são mais acentuadas entre crianças de 0 a 9 anos (menos de 60% em relação a 2010), refletindo esforços aprimorados para prevenir novas infecções verticais, diagnosticar e tratar crianças nos meses após o parto e durante a amamentação.

Entretanto, entre os adolescentes (10 a 19 anos), o progresso é mais lento, com queda de 37% nas mortes por Aids no mesmo período (SLOW..., 2021). Braitstein *et al.* (2021) observaram que morar na rua associou-se à incidência de HIV e morte. Inadequações substanciais, como jovens em situação de vulnerabilidade, pobreza extrema, conflitos familiares, abuso infantil e negligência, são as principais razões pelas quais as crianças migram para as ruas e são suscetíveis ao HIV.

Estudos destacam que, globalmente, havia 1,7 milhão de adolescentes vivendo com HIV em 2019. O alto crescimento populacional, em muitos países de baixa e média renda (Low and Middle Income Countries – LMIC), criou um "aumento da juventude" que torna essencial aumentar os esforços para retardar novas infecções por HIV entre adolescentes. As projeções mostram que, nas taxas atuais de progresso de redução da taxa de incidência de HIV em adolescentes, o número de novas infecções diminuiria de 250 mil em 2017 para quase 183 mil em 2030 — uma melhoria, mas ainda longe das metas globais. A situação é particularmente terrível para as meninas.

As meninas adolescentes são desproporcionalmente afetadas por essas tendências, respondendo por cerca de 76% de todas as novas infecções por HIV na faixa etária entre 10 e 19 anos em todo o mundo. Meninas e membros de populações vulneráveis tendem a estar em maior risco de contrair o HIV, período em que são menos propensos a ter acesso a tratamento e outros serviços (CHILDREN, HIV..., 2021; UNICEF, 2021b; REVEALED..., 2021).

Outra situação que importa destacar é que o ano de 2021 marca duas décadas de reduções progressivas na prevalência de HIV. Trata-se de um legado duradouro perto dos 14 milhões de crianças que perderam um ou ambos os pais para a Aids. Hoje, o mundo enfrenta outra devastadora nova pandemia que deixou um grande número de crianças enlutadas em uma velocidade sem precedentes. A pandemia da Covid-19 deixou mais de 1,5 milhão de crianças sofrendo a morte de pais ou avós que morava em sua casa e ajudavam a cuidar delas.

Sem ação imediata, a pandemia da Covid-19 deixará uma multidão de crianças órfãs (CENTERS FOR DISEASE CONTROL AND PREVENTION – CDC *et al.*, 2021). O impacto dessas mortes de pais e cuidadores difere entre famílias, comunidades e nações. Como a pandemia está longe de terminar, e a vacinação global da população está atrasada, uma massa de crianças e adolescentes está em luto com graves consequências que durarão pelo menos até a idade de 18 anos (HILLIS *et al.*, 2021).

A prevalência de ideação suicida em crianças e adolescentes que vivem com HIV é substancial. Esse público, exposto à morte de familiares ou amigos, é aquele com maior pontuação de depressão, sintomas de ansiedade e comportamento que quebram as regras, portanto, é o mais propenso a relatar ideação suicida. Há uma necessidade urgente de prestadores de cuidados ao HIV para rastrear o suicídio e vinculá-lo aos serviços de saúde mental (NAMUTI *et al.*, 2021). Uma geração livre da Aids deve ser possível, mas ainda não chegamos lá. O HIV continua a ser um fardo. Ao fornecer cuidados, devemos abordar os desafios específicos para crianças e adolescentes vivendo com HIV e perceber que eles não podem ser tratados como 'típicos' adultos com HIV (VREEMAN *et al.*, 2021). Essa é justamente a questão decisiva, tão insolúvel quanto inevitável.

Por que é preciso que essas crianças e adolescentes estejam no rol de discussões? Primeiro, porque eles são sujeitos ativos e desejantes, dos quais provêm as excitações que estimulam as pessoas que as rodeiam, que, por sua vez, carregam a marca da sociedade, que geralmente provocam impactos no seu *modus operandi*. Mas como explicar o que parece tão evidente? Quem são as mães dessas crianças e adolescentes, cuja convivência é fugaz, inesperada e, em alguns casos, inexistentes?

Além disso, é preciso saber que a violência contra as mulheres continua devastadoramente difundida e começa assustadoramente jovem. Ao longo da vida, uma em cada três mulheres, cerca de 736 milhões, é submetida à violência física ou sexual, por um parceiro, ou violência sexual, por um não parceiro — um número que permaneceu praticamente inalterado na última década (DEVASTATINGLY..., 2021). Na realidade, porém, o feminicídio é esquecido, subestimado e mal processado em todo o mundo. Ao considerar a resposta ao feminicídio, os países também precisam considerar a vítimas vivas de feminicídio, ou seja, os filhos que sobraram quando mães são assassinadas (LEVELL, 2021).

É importante dizer que 80% das mães vítimas de homicídios domésticos foram mortas pelo parceiro atual ou pelo anterior. Em pelo menos 19 casos, o feminicídio foi seguido de suicídio, deixando o(s) filho(s) órfão(s) (AT LEAST..., 2021). Os órfãos de feminicídio são vítimas de várias perspectivas, a começar pelo que certamente viveram no lar de onde vieram, desencadeadores de violência doméstica. São crianças e adolescentes cujas mães foram assassinadas por razões de gênero, na maioria das vezes, por seus próprios parceiros (SILVA, 2021). Com efeito, mais de 100 crianças presenciaram um assassinato ou estavam em casa quando ele ocorreu. Portanto, muito antes da perda de uma mãe, os filhos terão testemunhado, se não vivenciado, violência e controle coercitivo (ROBERTS, 2021).

As evidências atuais destacam que essas crianças são mais propensas a desenvolver problemas de saúde, como ansiedade, depressão e a repetição da violência, além de serem mais suscetíveis a delinquência, ideação suicida e dependência química (ASIAMAH *et al.*, 2021; BELAND *et al.*, 2020; KOURTI *et al.*, 2021). A maioria dos estudos aponta para essa forma de violência indireta como vicário, em que as crianças são deixadas de lado, anônimas e invisíveis.

Não há como uma criança sair ilesa (EFFECT..., 2021, FAJARDO-GONZALEZ, 2020). Normalmente, essas crianças e adolescentes têm histórias clínicas significativamente mais recentes de fezes com sangue, diarreia, febre e tosse. Esses efeitos são heterogêneos, variam de acordo com as características da violência (histórico de violência sexual) e a condição socioeconômica das vítimas.

Essas implicações podem ser entendidas como resultantes de somatização, estresse, uso de substâncias (como facilitadores da violência) e danos neurológicos decorrentes da exposição a esse tipo de violência (HERNANDEZ, 2021), bem como sentimentos de dependência e medo da perda do objeto, devido às suas identidades difusa. O trauma gerado potencializa as dificuldades de mentalização, dependência emocional e instabilidade nos relacionamentos futuros, causados pela dor e sofrimento psicológico.

Na América Latina, a violência se normalizou. É visto como parte da vida de crianças, adolescentes e suas mães. Assassinatos relacionados ao gênero são o último ato — uma culminação — de uma série de atos violentos. As chocantes estatísticas deveriam nos envergonhar e incitar-nos a exigir uma ação líderes para salvar vidas e proteger os direitos e a dignidade de mulheres, meninas e meninos. A violência contra a mulher é uma profunda injustiça global. É um grande obstáculo ao cumprimento dos direitos humanos das mulheres e de seus filhos. Essa é uma acusação devastadora (KOURTI *et al.*, 2021; LAGOS, 2021; SILVA, 2021). Confinadas aos seus agressores, as mulheres expostas a essa violência têm ainda mais dificuldade em acessar redes de apoio e serviços de atendimento.

Além disso, o impacto econômico da pandemia, que afetou desproporcionalmente esse público, criou barreiras adicionais.

A perda maciça de empregos femininos, tanto formais como informais, a insegurança econômica resultante e o aumento da carga de responsabilidades de cuidado impediram muitas de deixar seus opressores ou denunciar a violência sofrida. Até o final deste ano de 2021, para cada 100 homens em condições extremas pobreza, haverá 118 mulheres.

Em muitos casos de violência baseada no gênero, a falta de renda familiar é uma ameaça à vida. Sem independência financeira, a vulnerabilidade das mulheres aumenta exponencialmente, afetando o ambiente psíquico de suas crianças e adolescentes (LAYA et al., 2021). É importante destacar que, no cenário global e atual, proporcionalmente duas vezes mais mulheres jovens, entre 14 e 25 anos (14,6%), são mortas por um estranho do que na idade mais avançada (7,59%). A família também é mais letal para as mulheres mais jovens: 7,3% foram mortas por um membro da família em comparação com 1,2% das mulheres mais velhas.

Os jovens entre os 18 e os 25 anos representam, na maioria dos casos, 40% dos assassinos de mulheres da mesma idade (11,36%). Mais da metade das mulheres jovens são mortas (54%) pelos seus parceiros. (ROBERTS, 2021; SILVA, 2021).

Concordando com Nasio (2007), a força de impulsão desejante é real porque é, em si, irrepresentável, mas as variações rítmicas dessa força são simbólicas, porque são, ao contrário, representáveis. Representáveis como uma alternância de intensidades fortes e de intensidades fracas, segundo um traçado de picos e de vazios. Algumas vezes, o encontro é suave e progressivo; outras, violento e imediato. Nessas trocas, as satisfações desafinam. Elas desafinam porque são obtidas por ocasião de momentos diferentes e em intensidades desiguais. Há uma afinação na excitação e desarmonias na satisfação.

Com efeito, há outros acontecimentos trágicos. É preciso compreender bem que, todos os anos, os desastres naturais afetam uma média de 224 milhões de indivíduos, em todo o mundo, e cerca de 85,2 milhões na América do Norte. Nos Estados Unidos, o número médio de desastres naturais por ano, na última década, foi de 21,5, tornando-os um dos cinco principais países no mundo em termos de frequência com que foi atingido por desastres naturais (GUHA-SAPIR *et al.*, 2016; SUBSTANCE ABUSE AND MENTAL HEALTH SERVICES ADMINISTRATION – SAMHSA, 2018).

Os tornados causaram danos nos estados do centro e sul dos EUA, com dezenas de pessoas temendo a morte. Testemunhas e sobreviventes descreveram suas terríveis experiências com a tempestade. É provável que pelo menos 70 pessoas tenham morrido apenas em Kentucky (REUTERS, 2021). Em dezembro de 2021, oito estados dos EUA sofreram de 50 tornados que causaram mais de 70 mortes, deixaram 105 pessoas desaparecidas e vários feridos (TORNADO..., 2021). Dos mortos, pelo menos seis eram menores de 18 anos (GOVERNO..., 2021).

Essa situação é preocupante, pois crianças e adolescentes são mais propensos a desenvolver os impactos negativos dos desastres climáticos quando comparados aos adultos. Isso porque: (a) estão em fase de grande vulnerabilidade, devido ao treinamento físico e mental, e (b) estresse crônico em idades mais precoces podem causar alterações permanentes na estrutura do funcionamento do cérebro para doenças orgânicas (WU; SNELL; SAMJI, 2020).

A literatura aponta que crianças e adolescentes estão entre os grupos mais vulneráveis aos desastres ambientais, porque: (I) vivenciam a morte e/ou lesões físicas (por exemplo, feridas e fraturas); (II) há aumento da incidência de trabalho infantil, abuso e tráfico; (III) há aumento da incidência de violência doméstica; (IV) há aumento da incidência de doenças infecciosas e desnutrição, especialmente antes dos 5 anos de idade; (V) há dificuldade de acesso aos serviços de saúde e saneamento (SEDDIGHI *et al.*, 2020; WU *et al.*, 2020); (VI) e a vivencia de impacto psiquiátrico e emocional, como como sentimentos de medo, culpa, tristeza, raiva ou desesperança, além de distúrbios do sono, distúrbios depressivos, distúrbios de estresse pós-traumático e fobias (GONÇALVES JÚNIOR *et al.*, 2020a; SANSON; BELLEMO, 2021).

Concretamente, é importante notar que as crianças com idade inferior a 18 constituem quase 25% da população dos Estados Unidos, ou seja, 74 milhões de americanos (NATIONAL COMMISSION ON CHILDREN AND DISASTERS, 2010). Em uma amostra representativa de crianças entre 2 e 17 anos, 13,9%

foram expostos a um desastre em sua vida, e 4,1% da amostra relataram ter sofrido um desastre de 2009 (BECKER-BLEASE; TURNER; FINKELHOR, 2010). Como essas estatísticas refletem, muitas crianças estão expostas a desastres e constituem uma população com riscos e necessidades particulares durante e após esses eventos (SAMHSA, 2018; BECKER-BLEASE; TURNER; FINKELHOR, 2010; NATIONAL COMMISSION ON CHILDREN AND DISASTERS, 2010).

Além disso, existem milhões de crianças e adolescentes entre os "refugiados climáticos", famílias inteiras de migrantes que, devido a desastres ambientais, buscam asilo no exterior, expondo-se às diferenças culturais e sociais, à hostilidade (até mesmo à xenofobia), e perdendo condições sociais, econômicas e conexões culturais em seus países de origem (SANSON; BELLEMO, 2021). De acordo com as Nações Unidas, em dados de 2014 a 2018, pelo menos 761 mil crianças foram deslocadas de suas casas pelas tempestades nas ilhas do Caribe. Esse número foi 4,3 vezes superior ao número (175 mil) nos cinco anos anteriores (2009-2013) (CHILDREN..., 2019).

Assim, surge uma discussão muito pertinente: o impacto dos determinantes ambientais sobre a saúde e o bem-estar das crianças e adolescentes. É geralmente aceito que a perda acelerada e progressiva da biodiversidade, o aumento da poluição, o esgotamento dos recursos e, por fim, as mudanças climáticas são fatores que afetam o nível socioeconômico, AS condições políticas e culturais das sociedades e, portanto, o bem-estar das famílias e crianças/adolescentes (GISLASON; KENNEDY; WITHAM, 2021).

Os jovens diferem dos adultos com base em diversos fatores de desenvolvimento fisiológicos, cognitivos e emocionais, tornando-os mais vulneráveis aos efeitos danosos dos desastres naturais. Na sequência de um desastre natural ou evento traumático, as crianças podem ser afetadas por condições de saúde comportamentais, como TEPT, depressão, uso de substâncias, transtornos de ansiedade, entre outros. Com uma melhor compreensão do risco e dos fatores de proteção, podemos começar a criar estratégias de forma mais eficaz para chegar a um plano de recuperação para crianças e jovens após um desastre.

Quanto ao planejamento de intervenções para comunidades afetadas por desastres, é crucial considerar as sensibilidades únicas de crianças e jovens, bem como sua tendência à resiliência, adaptando a resposta pós-desastre em intervenções para promover uma recuperação e cura bem-sucedidas para a comunidade e seus jovens sobreviventes (SAMHSA, 2018).

Assim, fica a pergunta: o que essas crianças e esses adolescentes perdem? Respondemos: perdem sua infância, suas etapas de desenvolvimento e as fontes que alimentam a força do crescimento cotidiano. Perdem também a sua silhueta lúdica. É nesse instante de intensa movimentação das circunstâncias vividas que o contexto da tragédia da saúde no Brasil assume tons mais sombrios ao analisar o impacto da Covid-19 nas crianças.

Embora sejam menos acometidos pela doença em geral, isso não implica que os cuidados devam ser abandonados. A volta às aulas e o descaso do governo brasileiro com a luta contra o vírus tornam esse grupo especialmente frágil. A doença pode afetar crianças e adolescentes de todas as idades (COMITÊ CIENTÍFICO DE NÚCLEO DE CIÊNCIAS PARA A INFÂNCIA, 2020). Nesse contexto, o Brasil registrou 3.561 óbitos de crianças e adolescentes até a 19 anos por Covid-19 desde o início do surto, em março de 2020. Desses, 326 eram bebês de até 1 ano.

Para o Instituto Nacional da Mulher, da Saúde da Criança e do Adolescente (IFF, 2021), a probabilidade de morte entre crianças no Brasil é maior do que na comunidade internacional, devido à composição demográfica da população brasileira, com um número elevado de crianças e adolescentes, ao contingente de crianças com doenças crônicas com controle insuficiente e aos desafios no acesso e na qualidade dos cuidados na Atenção Primária à Saúde e de cuidados pediátricos complexos, principalmente em momentos de grande pressão sobre o sistema de saúde, o que leva, inclusive, à desativação de leitos pediátricos no aumento da vulnerabilidade social.

Assim, o número de internações e óbitos causados por Covid-19, na população pediátrica, em geral, incluindo o grupo de crianças de 5 a 11 anos, não está dentro dos níveis aceitáveis. Nesse cenário, para a Sociedade Brasileira de Pediatria

(VACINAÇÃO..., 2021), a vacina contra a Covid-19 se apresenta como uma alternativa real para o controle e a prevenção desses desfechos de doenças, que está ao alcance dos responsáveis pelas políticas de saúde pública em nosso país.

A vacina foi associada à alta eficácia na prevenção da Covid-19, não só em estudos clínicos controlados, mas também em experiências do mundo real, com eficácia contra a doença e internações demonstrado em adolescentes. Nessa perspectiva, a vacinação de adolescentes, dentre a aplicação de medidas sanitárias, permitiria que eles voltassem à escola em um ambiente mais seguro e se encontrassem com seus pares, reduzindo sentimentos de ansiedade, insegurança e tristeza.

Crianças e adolescentes não vacinados podem se tornar nicho de novas variantes, podendo até surgir variantes mais adaptados e prejudiciais a eles (BENTES; ALVIM, 2021). No Brasil, a Agência Nacional de Vigilância Sanitária (Anvisa) autorizou, em 16 de dezembro de 2021, a aplicação da vacina Pfizer em crianças de 5 a 11 anos. Entretanto, a imunização desse público, na prática, dependeu do Ministério da Saúde. A vacinação foi vítima de uma campanha de difamação estatal. Diretores da Anvisa foram ameaçados de negar autorização à Pfizer antes mesmo da formalização do pedido (POSICIONAMENTO..., 2021).

Sabemos que a vacinação infantil é um prato cheio para desinformação, pois decidir pelas crianças é ainda mais difícil do que decidir para você mesmo. Isso pode tornar as pessoas mais hesitantes e, portanto, vulneráveis às *fake news* (O ENFRENTAMENTO, 2021). É importante ressaltar que agências reguladoras e especialistas apontavam que os benefícios da vacinação infantil contra a Covid-19 superavam quaisquer riscos.

Vacinar crianças faz parte de qualquer estratégia coletiva para tentar reduzir a circulação de vírus e controlar uma pandemia. O Conselho Nacional de Secretários de Saúde – Conass (2021) afirmou não existir outra doença evitável por vacina que tenham matado tantas crianças e adolescentes em 2021 quanto a Covid-19. Assim, embora a Anvisa tenha apontado evidências científicas para aprovar a vacinação infantil, o governo federal tentou fazer consulta e audiência pública para tomar sua decisão.

Enquanto a consulta aberta do governo federal sobre a vacinação pediátrica contra o coronavírus não acontecia, o então ministro da saúde do Brasil, Marcelo Queiroga, declarou que a aplicação da dose deveria ser acompanhada da exigência de receita médica e termo de consentimento informado (CNN BRASIL, 2021).

Vários investigadores consideraram "errada" a decisão do ministro e que essa postura colocou o próprio Programa Nacional de Imunizações do Brasil em xeque (ALEGRETTI, 2021). Para a Anvisa, colocar a decisão sobre vacinação para consulta pública seria "uma aberração". Comitês de especialistas que aconselham o programa de imunização a decidir se deveriam ou não incluir uma nova vacina —para crianças, adultos, idosos ou gestantes — sempre estiveram disponíveis. Essa decisão refletiu a vontade explícita do governo brasileiro de bloquear e dificultar a vacinação de crianças contra a Covid-19 (ANVISA..., 2021). O sentimento vivido é de uma manifestação das variações de intensidade das tensões sociais, públicas e coletivas. Postulamos que naquele momento a dor psíquica foi extremamente oscilante. Mas por que uma epidemia de gripe se associa a sentimentos avassaladores?

O Brasil ainda enfrenta as consequências da pandemia da Covid-19. Segundo dados do Ministério da Saúde do Brasil, no mínimo quatro pessoas menores de 19 anos morreram, por dia, de Covid-19 desde o início da pandemia. Em 2020, em consequência da Síndrome Respiratória Aguda Grave (Sars) causada pela Covid-19, o país registrou 373 mortes de menores de 1 ano, 189, na faixa de 1 a 5 anos, e 641 pessoas de 6 a 19 anos, totalizando 1203 e alcançando uma das maiores taxas de mortalidade por Covid-19 em todo o mundo (ALMEIDA, 2021).

Para além disso, a gripe surgiu no país, causando preocupação, especialmente na população pediátrica que ainda não havia sido vacinada contra SARS-CoV-2. Segundo a Organização Pan-Americana da Saúde (OPAS) (OMS..., 2021), a Influenza manteve-se em níveis intersazonais; no entanto as detecções de influenza A (H3N2) aumentaram no Chile, Paraguai, Uruguai e, principalmente, no Brasil (OMS..., 2021).

Boletim emitido pela Fundação Oswaldo Cruz (Fiocruz) relatou presença significativa da gripe tanto em crianças como na população adulta, entre os casos de Sars na cidade do Rio de

Janeiro, referente a semanas epidemiológicas 47 e 48 (de 21 a 28 de novembro e de 28 a 4 de dezembro de 2021) (PUENTE, 2021). Segundo dados da Secretaria de Saúde do Estado de São Paulo, até 15 de dezembro, havia 42% de testes positivos para a gripe em crianças e adolescentes, um número quatro vezes superior em relação a todo o mês anterior (10%) (OLIVEIRA, 2021).

Cerca de 1.170 internações pediátricas por Sars foram computadas na cidade de São Paulo em 2021, um aumento de 47,5% em relação ao ano anterior, quando houve 793 novos casos. No estado do Rio de Janeiro, pelo menos 20 mil casos foram confirmados, um aumento de 82%. No estado da Bahia, 80 mortes foram contabilizadas (BERNARDES, 2021).

As estimativas da OMS mostram que, todos os anos, pelo menos 650 mil pessoas morrem de doenças diretas e indiretas efeitos do vírus influenza no mundo (CRÉPEY et al., 2020). Na verdade, um estudo brasileiro, comparando as taxas de letalidade entre a pandemia da Covid-19 e a epidemia de influenza em 2009, mostrou maiores taxas de influenza (4%), principalmente em crianças e adultos com comorbidades (CÂNDIDO et al., 2020). Essa situação é preocupante, pois as campanhas de vacinação foram prejudicadas pela pandemia da Covid-19. Em paralelo, o sistema de saúde brasileiro ainda está se recuperando da sobrecarga dos últimos dois anos (HORTON, 2020).

Entre os impactos da epidemia de influenza durante a pandemia da Covid-19 em crianças e adolescentes brasileiros, podemos citar: (I) a piora da saúde mental de crianças/adolescentes com aumento do estresse, irritação, raiva, ansiedade, depressão, TEPT por causa de desastres naturais/pandemias que podem ser amplificados e que prejudicam o crescimento e o desenvolvimento, bem como aumentam a chance de evolução para abuso de substâncias, doenças crônicas não transmissíveis e outros transtornos mentais (ARAÚJO et al., 2021); (II) o ônus sobre sistemas de saúde, com redução de suprimentos (por exemplo, vacinas, medicamentos, gazes, seringas) e profissionais de saúde que enfrentam jornadas exaustivas, cansaço e doenças mentais; (III) a diminuição da mão de obra qualificada, com perdas de pediatras, imunologistas, enfermeiros, técnicos de enfermagem, agentes de saúde durante a pandemia; (IV) a crise econômica causada por crises econômicas, especialmente em países subdesenvolvidos e (V) as crises políticas agravadas pela interferência de governos, com instabilidade social, fome, miséria e empobrecimento, já evidentes no Brasil (CÂNDIDO; GONÇALVES, 2021; HORTON, 2020).

Esses impactos são ainda mais graves em crianças socialmente vulneráveis, que se somam aos fatores mencionados no parágrafo anterior, a recusa dos pais em vacinar contra doenças infectocontagiosas, como a Covid-19 e a gripe. Kempe *et al.* (2020), ao analisar 2.716 pais sobre a decisão de vacinar seus filhos contra influenza ou não, demonstraram que 25,8% estavam hesitantes e que 12% estavam fortemente contra a vacinação. Segundo os autores, um nível educacional mais baixo (definido como a ausência de bacharelado) e a baixa renda familiar estavam mais fortemente associados a essa postura.

Um estudo norte-americano avaliou 1.425 pais e demonstrou que negros, de baixa renda e dependentes de seguro público tiveram maior hesitação em vacinar seus filhos em comparação com seus pares brancos, com renda mais alta e dependentes de seguros privados (ALFIERI *et al.*, 2021). Um estudo realizado com 119 adultos mostrou que, principalmente entre os afro-americanos, havia níveis mais elevados de desconfiança em relação ao produto farmacêutico, pelas empresas e, portanto, às vacinas e aos governos que as promovem. Os participantes justificaram sua desconfiança com a premissa de que essas instituições são movidas, única e exclusivamente, pelo lucro (JAMISON; QUINN; FREIMUTH, 2019).

Portanto, como forma de proteger as crianças e os adolescentes brasileiros, são necessárias medidas de promoção da saúde, com foco na vacinação campanhas para Covid-19 e Influenza, com incentivo do uso de máscaras e desinfetante à base de álcool, medidas de proteção social para os pais/família para garantir o acesso à alimentação de qualidade, educação e outras medidas de saúde, e, por fim, planos estruturais de médio e longo prazo para vacinação, monitoramento, controle e vigilância sanitária de possíveis infecções agentes com capacidade de gerar epidemias e/ou pandemias.

Assim, fica claro que a doença é realmente um intérprete da sociedade. Como se ele possuísse um órgão detector orientado para o interior das causas e seus feitos, servindo para captar as modulações situacionais e transpô-las para a tela da reflexão crítica, sob forma de apelo. Quando essas modulações são extremas, elas se tornam críticas, tornando a dor e o sofrimento inigualáveis.

Observe-se aqui que a pandemia da Covid-19, iniciada em Wuhan, na China, trouxe profundas reflexões e mudanças de paradigma em todas as esferas sociais, incluindo o ensino de crianças na educação infantil (GONÇALVES JÚNIOR *et al.*, 2021; ORNELL *et al.*, 2020). A Organização das Nações Unidas para a Educação, a Ciência e a Cultura (Unesco) informa que pelo menos 100 milhões de crianças, em todo, o mundo cairá abaixo do nível mínimo de proficiência em leitura como resultado dessa crise de saúde (EDUCAÇÃO..., 2021). No entanto, a Covid-19 provocou desigualdades na educação de crianças e adolescentes, ampliando-as. Sabe-se, por exemplo, que antes da pandemia, pelo menos 250 milhões de crianças no mundo estavam fora da escola e quase 800 milhões de adultos eram analfabetos (OMS, 2020).

Embora os governos e as instituições educacionais estejam preocupados com a oferta de conteúdo e o apoio aos professores para orientar as famílias a enfrentar os desafios da conectividade (A UNESCO..., 2020), a preparação que esses professores estão tendo é questionada pelo simples fato de que, devido à excepcionalidade da situação, não há tempo suficiente para testar tecnologias e melhorar os *frameworks*.

Dias e Pinto (2020) relatam que, na pandemia, as escolas fizeram o possível para garantir o uso das ferramentas digitais, mas não tiveram tempo para testá-las nem para capacitar o corpo docente e técnico-administrativo para utilizá-las corretamente.

Em países como o Brasil, nos estados mais pobres e no meio rural, essas dificuldades apareceram nas precárias condições da educação infantil pública, muitas vezes preexistentes. Dados do relatório produzido pela OMS mostram que pelo menos 1,6 bilhão de estudantes em mais de 190 países e todos os continentes seria impactado pela pandemia da Covid-19. Fechar escolas e outros espaços de aprendizagem afetou 94% da população estudantil do mundo, com até 99% em baixa e países de renda média baixa (OMS, 2020).

De acordo com informações do estudo "Exclusão Escolar em Brasil – um Alerta sobre os Impactos da Pandemia Covid-19", houve pelo menos 1,1 milhão de crianças e adolescentes no Brasil sem acesso à escola em 2019. Esse número subiu para 5,1 milhões em 2020 (CENÁRIO..., 2020). Além disso, dados do Centro Regional de Estudos para o Desenvolvimento da Sociedade da Informação – Cetic (2019) mostraram que 43% de escolas rurais no Brasil não tinham acesso à internet, e 52% dos professores possuíam dispositivos próprios para desenvolver as atividades.

Dessa forma, se, por um lado, a sala de aula foi redesenhada pela evolução tecnológica para um novo ambiente virtual de aprendizagem; por outro lado, os professores de todo o mundo enfrentaram vários desafios, tais como: preparar/ministrar aulas remotas; criar avaliações em formato de Educação a Distância e adquirir tecnologia da informação e habilidades em tempo recorde na formatação, design e edição de vídeos, textos e/ou fotos on-line (DIAS; PINTO, 2020; CENÁRIO..., 2020; EDUCAÇÃO..., 2021; GONÇALVES JÚNIOR *et al.*, 2021).

No entanto, as crianças também sofreram porque: (I) tinham dificuldade concentração em casa; (II) os pais nem sempre podiam fornecer assistência adequada na realização de atividades, porque precisavam realizar tarefas domésticas e estar em um ambiente de trabalho em casa ou fora do trabalho; (III) não tinham acesso à internet ou a dispositivos, como computadores, telefones celulares ou *tablets* (OMS, 2020). Essa realidade piorava dependendo das variáveis socioeconômicas e culturais do país.

Dados da Unesco (A UNESCO..., 2020) revelam que 70% das crianças fora da escola estavam nas regiões mais pobres (Norte e Nordeste) do Brasil e pertenciam a famílias autodenominadas indígenas, negras e/ou pardas. A pandemia da Covid-19 é um evento complexo e multifacetado, e chega-se a argumentar que deve ser visto como uma sindemia, e não uma pandemia (CÂNDIDO; GONÇALVES, 2021).

Seus impactos ainda serão sentidos ao longo dos anos e, talvez, sejam irreparáveis em alguns aspectos. É fundamental mobilizar governos, sociedade civil e organizações não governamentais para traçar medidas de combate à evasão escolar e à inclusão social. Por exemplo: (a) busca ativa de crianças e adolescentes fora da sala de aula; (b) promoção de campanhas de comunicação comunitária focadas no retorno das matrículas escolares; (c) garantia universal e igual acesso à internet, com atenção especial aos mais vulneráveis grupos e (d) fortalecimento dos mecanismos para promoção dos direitos sociais de crianças e adolescentes, como alimentação, proteção, previdência social, lazer/esporte, para torná-los aptos para a aprendizagem e ficar na escola.

Diante dos transtornos advindos de tais circunstâncias, crianças e adolescentes indígenas apelam para serem atendidos — mesmo com o risco de serem dizimados. Os nativos brasileiros têm sofrido muito com os impactos causados da Covid-19 desde o início da pandemia. Até 4 de janeiro de 2022, de acordo com o boletim epidemiológico da Secretaria Especial de Saúde Indígena (Sesai), foram confirmados 851 óbitos em diferentes Distritos Sanitários Especiais Indígenas (DSEIs) registrados em todo o país (BOLETIM..., 2022). O Ministério da Saúde manifestou preocupação com a transmissão do vírus aos povos indígenas e o impacto que essa infecção causaria entre as populações tradicionais no Brasil, desde a primeira leva de casos confirmados.

Indígenas têm respostas diferentes a novas doenças, desenvolvendo maior curva de morbidade e letalidade em relação aos não indígenas (RODRIGUES, 2020). Embora a Covid-19 afete todas as faixas etárias, estudos epidemiológicos mostram que crianças mortalidade no público em geral é menor quando comparada ao número de mortes entre adultos desde o início da pandemia. Em contraste, as crianças indígenas têm pelo menos o dobro do risco de morte pela doença em comparação com outras etnias no Brasil (CRIANÇAS INDÍGENAS..., 2021).

É importante destacar que esse fato se deve a diversas questões, como fatores socioeconômicos, pois a população indígena tem um alto nível de pobreza; educacional, pois o nível de escolaridade é baixo; e demográfico, pois o acesso aos serviços de saúde é distante e precário (OLIVEIRA et al., 2021). Ainda segundo Oliveira et al. (2021), foi analisado o risco comparativo de óbitos entre crianças e adolescentes indígenas associados à Covid-19. O estudo mostrou que, em maior escala, há mais risco de morte em crianças de 0 a 2 anos e adolescentes de 12 a 19 anos das Regiões Norte e Nordeste do Brasil, entre as macrorregiões pobres dessas localidades.

Portanto, a relação socioeconômica e a vulnerabilidade social dos povos nativos influenciam fortemente suas condições de saúde. O aumento considerável do número de casos e o grande poder de transmissão evidenciaram manifestações potencialmente fatais relacionadas às doenças do coronavírus em crianças, como a Síndrome Inflamatória Multissistêmica, a Covid-19 entre outras, levando a problemas em diversos órgãos do corpo em muitas crianças no território brasileiro (OMS..., 2021).

A Síndrome inflamatória multissistêmica em crianças é determinada com exame de cada sistema dependendo da queixa da criança. São exames bioquímicos, realizados em laboratório, e de imagem. Esses serviços não são prestados na rede básica de saúde unidades, portanto as crianças indígenas são encaminhadas para o ensino médio serviço de atendimento. Devido à realidade de extrema pobreza, ir em busca do atendimento torna-se praticamente inviável nas comunidades, evidenciando uma sensível disparidade no atendimento às crianças indígenas e a filhos de outras etnias (CAMPOS et al., 2020).

Em setembro 2021, a Opas expôs um aumento significativo relacionado a internações e mortes de crianças por Covid-19. Um dos fatores associados a essas estatísticas é o fato de as crianças não serem, na época, elegíveis para a vacinação e, assim, serem mais propensas a adquirir e transmitir a doença (CRIANÇAS E..., 2021).

Compreende-se, então, que a pandemia trouxe à tona várias vulnerabilidades que as comunidades indígenas enfrentam. Toda a equipe da Estratégia Saúde da Família (ESF) deve estar presente para realizar a educação em saúde. A ESF deve garantir bem-estar, prevenir da Covid-19 e de seus impactos, bem como tratar a comunidade indígena em uma perspectiva holística, abrangendo também suas especificidades culturais, visando à realização de um cuidado eficaz e culturalmente competente.

Por conseguinte, é preciso trazer à tona que as altas taxas de hospitalização e mortalidade de crianças indígenas da etnia

Yanomami no Brasil estão relacionadas à precariedade condições socioeconômicas e nutricionais. É primordial identificar povos Yanomami em situação de vulnerabilidade para prevenir a morte de seus filhos devido à fome (RAQUEL et al., 2016). Os Yanomami são comunidades de caçadores-coletores e agricultores que habitam florestas. Os solos nesses locais são extremamente pobres em nutrientes e não adequado para cultivo (JESEM et al., 2019; RECHT et al., 2017).

Evidências atuais mostram que episódios de desnutrição aguda podem afetar severamente o sistema imunológico de crianças, com maior intensidade em menores de 5 anos (HORTA et al., 2013; LÍDIA et al., 2014; VEGA et al., 2018). Altas taxas de desnutrição aguda são encontradas entre as crianças Yanomami, especialmente aquelas com menos de 6 meses. Também é descrito que taxas, cada vez mais, altas de internação de crianças Yanomami por pneumonia, nos primeiros meses de vida, estão relacionadas ao seu estado nutricional (VEGA et al., 2018).

Como observado em outros grupos indígenas no Brasil, a duração média de permanência superior a sete dias para crianças Yanomami com pneumonia pode ser considerada longa, sugerindo que o estado de saúde dessas crianças era precário antes do episódio que culminou em sua internação. Há também o fato da ausência de condições de equipes de saúde para realizar o tratamento adequado e acompanhar a evolução dessas crianças até que a situação seja resolvida nas aldeias (ROBORTELLA et al., 2020). Estudos nutricionais realizados, desde a década de 1980, em várias comunidades indígenas, revelam importantes desafios sobre alimentação e nutrição: um cenário com alta prevalência de baixa estatura para menores de 5 anos, variando de 10% a mais de 50% (CARINO; DINIZ, 2020; ELLWANGER et al., 2020).

Distúrbios nutricionais precoces podem ter diferentes consequências ao longo da vida. Na primeira infância, a baixa estatura é comumente associada a maiores taxas de hospitalização e morte por doenças infecciosas (VEGA et al., 2018). Déficits nutricionais em crianças Yanomami são descritos como os mais graves já registrados entre crianças indígenas no continente americano, com alta prevalência de baixa estatura e baixo peso para idade (HORTA et al., 2013; LÍDIA et al., 2014; ROBORTELLA et al., 2020).

A prevalência de baixo peso para a idade, de 60%, e a prevalência de baixo peso para altura, de 11%, entre crianças menores de 24 meses de idade são mencionadas, ambas consideradas muito elevadas. Esses dados revelam um recente comprometimento do crescimento e ilustram o estado nutricional precário das crianças Yanomami, justamente em uma janela de tempo de alta vulnerabilidade (CARINO; DINIZ, 2020; ELLWANGER et al., 2020; ROBORTELLA et al., 2020).

Uma característica que pode agravar ainda mais a situação é o acesso limitado aos serviços básicos de saúde e a exposição permanente a doenças endêmicas típicas da região, como malária, tuberculose, doenças agudas infecções respiratórias e oncocercose (RECHT et al., 2017; VEGA et al., 2018). Dificuldades de acesso a esses grupos étnicos isolados, como como os seminômades Yanomami, oficializam dados sobre doenças, como malária, amplamente subestimada (ROBORTELLA et al., 2020).

Em um levantamento longitudinal da infecção microscópica e submicroscópica da malária, em quatro aldeias Yanomami da comunidade Marari, a detecção de alvos ribossomais e não ribossomais específicos para espécies do parasita da malária mostrou que aproximadamente de 75% a 80% de todas as infecções por malária foram submicroscópica, com a proporção de infecção submicroscópica para microscópica permanecendo estável durante o período de acompanhamento de quatro meses (JESEM et al., 2019; LÍDIA et al., 2014; RECHT et al., 2017; VEGA et al., 2018). Embora a prevalência da infecção por malária tenha flutuado ao longo do tempo, a parasitemia detectável microscopicamente foi encontrada apenas em crianças e adolescentes, provavelmente refletindo sua maior suscetibilidade à malária infecção (CARINO; DINIZ, 2020).

A associação de malária, anemia e diarreia entre os Yanomami mostra que a desigualdade no acesso aos serviços de saúde tem forte impacto nas condições de saúde nas aldeias (LÍDIA et al., 2014). A prevalência de doenças sob investigação está aumentando em comunidades que receberam visitas intermitentes, em comparação com as que foram visitadas regularmente pelas equipes de saúde (ELLWANGER et al., 2020).

A pandemia da Covid-19 coincidiu com a implementação de políticas estabelecidas pelo governo brasileiro para usar a Amazônia para mineração, extração de madeira, agricultura e revisão do status de proteção das terras indígenas. Paralelamente, desnutrição, hepatite B, tuberculose e diabetes, somadas à falta de acesso aos cuidados de saúde, revelaram os maiores vulnerabilidade à pandemia da Covid-19 (BOLSONARO..., 2019). Grupos indígenas foram intensamente expostos a invasores, garimpeiros, madeireiros, caçadores furtivos, traficantes de drogas, posseiros, missionários e turistas, segundo Organizações Indígenas da Amazônia Brasileira, impulsionando os índices de contaminação e mortalidade desses povos.

Considerando que as deficiências nutricionais na infância têm consequências desastrosas tanto a curto prazo, com altas taxas de morbimortalidade e incapacidade na infância, como a longo prazo, com o risco de baixa estatura na vida adulta, prejuízos no desenvolvimento cognitivo e redução do capital humano, a situação vivida pelos Yanomami é altamente preocupante e merece atenção especial do autoridades sanitárias.

Tento, dia a dia, ganhar o título de ser uma pessoa.

(Jorge Luiz Peixoto, do livro A criança em ruínas)

A CAIXA E SEUS RESQUÍCIOS DE POEIRAS

O abuso e a negligência infantil são um problema social e de saúde pública, bem como uma questão de direitos da criança que pode levar a uma ampla gama de consequências adversas agudas ou duradouras. A OMS (2022) está conscientizada sobre esses fenômenos complexos, que inclusive foram incluídos nos objetivos de desenvolvimento sustentável para proteger a infância de todos os tipos de violência. De acordo com as definições da OMS, o abuso infantil envolve uma variedade de atos intencionais, que usam força física, poder ou ameaças, independentemente da possibilidade de causar dano, lesão ou privação (KRUG et al., 2002).

Na maioria dos casos, uma pessoa que deveria proteger e cuidar de crianças ou adolescentes comete abuso. A literatura reconhece a interação entre fatores individuais, comunitários e sociais, e já há evidências claras sobre a associação entre as circunstâncias socioeconômicas das famílias e as chances de crianças sofrerem maus-tratos (BYWATERS et al., 2016; SIDEBOTHAM; HERON, 2006). Os maus-tratos podem ocorrer em diferentes idades e fases do desenvolvimento da criança e do adolescente e incluem lesões físicas ou mentais não acidentais, abuso sexual e negligência. Considerando a real importância das tecnologias de informação e comunicação, especialmente para crianças e adolescentes, a internet, nesse contexto, permite acesso rápido aos mais variados tipos de informação, sendo um veículo de inovação, conhecimento e comunicação.

A sociabilidade e a interação foram profundamente alteradas por meio dessa tecnologia, assim como a vivência da sexualidade (PELÚCIO, PAIT; SABARINE, 2015). A partir dessa modulação das relações possibilitada pelo espaço virtual, um grande número de aplicativos de namoro vem ganhando espaço e causando um aumento do risco de violência contra sujeitos vulneráveis, devido ao anonimato dos usuários desses aplicativos. Entre abuso sexual infantil, exploração, fotografia obscena, exposição deliberada de crianças e adolescentes na web, pornografia em aplicativos de relacionamento são, cada vez mais, frequentes com o uso massivo da internet atualmente (KLOESS; VAN DER BRUGGEN, 2021).

Crianças e adolescentes passam mais horas no celular do que em qualquer outra atividade do dia a dia e acabam entrando nos aplicativos de relacionamento com uma simplicidade adequada à idade. Namorar on-line não se trata apenas de usar aplicativos — trata-se de como os relacionamentos se desenvolvem nas redes sociais e por meio de mensagens privadas, considerando o anonimato e a facilidade de acesso à internet. Embora a maioria das crianças de hoje seja experiente em tecnologia, elas podem não ser seguras em tecnologia.

É importante notar que crianças e adolescentes podem navegar facilmente pelos aplicativos mais recentes, mas podem não ter construído a resiliência necessária para lidar com problemas decorrentes do gerenciamento de relacionamentos on-line. Em muitos casos, os perpetradores não são quem eles dizem e continuam tentando enganar um jovem para que ele acredite que ele é confiável, amigável ou até finge ter a mesma idade. Vários estudos indicam que algumas tecnologias são mais utilizadas do que outras para cometer abusos e exercer o controle cibernético em contextos infantis e juvenis. É o caso de mensagens de texto, redes sociais, como o Facebook, ou softwares para monitorar a localização das vítimas por meio de seus telefones celulares (MORALES, 2022).

O fato de os agressores parecerem pessoas comuns, comportando-se normalmente, cria um vínculo de segurança nas crianças, dificultando a identificação. O pedófilo costuma usar disfarce para coagir a vítima, usando gírias e linguagem dessa faixa etária (MORAIS; AGUADO 2014). A facilidade de coação, devido a esses padrões comportamentais dos assediadores, leva a condutas ilícitas na internet que podem acontecer de diversas formas, como a prática de *cyberbullying* (ataques pessoais na internet com a intenção de denegrir a honra e a imagem), pedofilia (transtorno de preferência sexual de crianças e adolescentes), pornografia infantil (fotos ou vídeos de crianças e adolescentes com conotação sexual) e *sexting* (troca de mensagens com conotação sexual, por meio de comunicadores digitais como celulares e computadores) (MOREIRA, 2019). A vulnerabilidade a essas situações ocorre porque crianças e jovens facilmente criam um perfil nas redes expondo informações pessoais, como endereço e rotina, tornando-se ainda mais suscetíveis a serem aliciados e, consequentemente, tendo acesso a conteúdos inapropriados que estarão disponíveis (SILVEIRA, 2020).

Crimes potenciais, como peculato emocional e material de exploração sexual infantil, podem afetar crianças e adolescentes globalmente, resultando em efeitos psicológicos drásticos, como abuso emocional ou danos à autoestima (PHAN; SEIGFRIED-SPELLAR; CHOO, 2021). A internet e as novas tecnologias permitiram que as vítimas potenciais fossem acessíveis e disponíveis para os perpetradores, que podem ser anônimos, rápida e livremente, o que, de outra forma, não seria possível. Os jovens em risco de danos on-line podem não ter vulnerabilidades anteriores (PALMER, 2015).

Certos grupos, como jovens com dificuldades de aprendizagem e com problemas de saúde mental e jovens lésbicas, gays, bissexuais, transgêneros, questionadores e intersexuais (LGBTQIA+), parecem ser particularmente vulneráveis a danos no ambiente digital. Isso se deve em parte à busca de interação social on-line que eles não conseguem alcançar off-line e porque não entendem completamente as consequências de compartilhar informações pessoais, fazer *upload* de imagens ou marcar encontros com estranhos conhecidos on-line (Fundação Oswaldo Cruz, 2020).

É importante mencionar que, à medida que mais meninas se voltam para os espaços digitais, a violência cibernética feminina aumenta (ONLINE..., 2020; INTER-AMERICAN COMMISSION OF WOMEN – CIM, 2020). O aumento da vulnerabilidade de crianças e jovens aos crimes sexuais on-line pode ser explicado pelo modelo ecológico sugerido pelo relatório da OMS, com muitas características que aumentam a probabilidade de sua ocorrência, como exposição ao abuso de substâncias pelos pais, instabilidade habitacional, problemas escolares e comprometimento da saúde social, emocional e mental (BARNET SAFEGUARDING CHILDREN PARTNERSHIP, 2022; KRUG *et al.*, 2002).

Crianças de até 8 anos foram estupradas ou abusadas sexualmente por pedófilos em aplicativos, como Tinder e Grindr, porque não estavam atendendo às restrições de idade (RORY, 2019). A extorsão começa quando um predador entra em contato com um jovem, por meio de um jogo, aplicativo ou conta de mídia social. Mediante engano, manipulação, dinheiro, presentes ou ameaças, o predador convence o jovem a produzir um vídeo ou imagem explícita. Eles empregam plataformas de jogos, mídias sociais, aplicativos de namoro e bate-papo por vídeo para alcançar suas vítimas e usam várias táticas, desde fingir ser um interesse romântico, bajular e oferecer atenção em dinheiro ou outros itens de valor.

Quando a resistência começa a ocorrer, o criminoso usa ameaças de dano ou exposição das primeiras imagens para pressionar a criança a continuar produzindo conteúdo e material ainda mais explícito. Os jovens parecem não ter uma mentalidade de alerta quando se trata de estranhos que os contatam pela internet (YOUTH..., 2019). A rápida evolução da tecnologia e o uso, cada vez mais, difundido da internet mudaram a exploração sexual infantil globalmente (GREIJER; DOEK, 2016).

Os criminosos sexuais tornaram-se proficientes no uso da tecnologia para se envolver em abusos, usando a Internet como um veículo para conhecer crianças e prepará-las para encontros, ou mesmo para alvejar, manipular e atraí-las para o tráfico sexual (NATIONAL..., 2016). Atualmente, pessoas aleatórias, estranhos, estão mirando jovens por meio de plataformas de mídia social e passam meses conquistando usuários com conversas regulares.

Os abusadores aproveitam a privacidade, a ubiquidade e o relativo anonimato oferecidos pelo ambiente virtual para atrair suas vítimas, por meio de mentiras e intimidações, a fim de fraudar sua identidade, criando um perfil que persuade, ameaça, persegue, assedia, violenta e exerce controle sobre o relacionamento ilegítimo (PHAN; SEIGFRIED-SPELLAR; CHOO, 2021). Assim, a conveniência e a sensação de impunidade oferecidas pelo mundo cibernético capacitam o agressor a usar aplicativos de namoro como subterfúgios para seus pensamentos psicopáticos. As estratégias coercitivas envolvem a intimidação, o isolamento, a privação da liberdade, a subversão da autonomia e o desenvolvimento de sentimentos de medo e dependência na vítima, que nem sempre percebe os sinais de abuso e corre o risco de ser chantageada pela exposição de mensagens eróticas e imagens, reais ou não. Portanto, aproveitando-se do impacto disciplinar da ameaça, o estuprador coage a vítima a reconsiderar a extorsão, seja pela vergonha da humilhação, seja pelo medo do descrédito, aumentando sua influência perversa (CUOMO; DOLCI, 2021).

Há muita sobreposição entre os tipos de abuso, com muitas vítimas sofrendo uma combinação de abuso físico, psicológico, sexual e/ou negligência. Aqueles que têm experiências traumáticas, como abuso, problemas de saúde, familiares, emocionais, afetivos, habitacionais ou socioeconômicos são mais suscetíveis às consequências do abuso ao longo da vida. Além disso, a pouca idade no momento em que ocorre a agressão, seu tipo e gravidade, bem como a proximidade da relação com o agressor podem ter repercussões ainda mais danosas (CHILD FAMILY COMMUNITY AUSTRALIA, 2014).

Como a violência geralmente dura, as crianças continuam a perder suas ferramentas para lidar com o estresse e aprender novas habilidades para se tornarem resilientes, fortes e bem-sucedidas. Portanto, uma criança maltratada ou negligenciada pode ter uma ampla gama de reações e pode até ficar deprimida ou desenvolver comportamento suicida, retraído ou violento. À medida que envelhece, as consequências envolvem dificuldades de aprendizagem, uso de drogas ou álcool, tentativas de fuga, recusa à disciplina ou abuso dos outros. Na idade adulta, as vítimas podem desenvolver dificuldades conjugais e sexuais, depressão ou comportamento suicida (AMERICAN ACADEMY OF PEDIATRICS, 2022). A violência cibernética tem impacto direto na saúde mental, refletindo no aumento da incidência de transtornos de depressão e ansiedade. Como se trata de uma questão complexa, há uma dimensão interseccional com outras formas de discriminação e discurso de ódio contra crianças e adolescentes gays, bissexuais, transgêneros, questionadores e intersexuais (LGBTQIA+), bem como minorias raciais e diferentes comunidades religiosas (EUROPEAN PARLIAMENTARY RESEARCH SERVICE – EPRS, 2021).

É evidente que, com as mudanças decorrentes da revolução da informação, as formas de construção das relações foram transpostas do mundo físico para o mundo cibernético. Com eles também foram carregados o preconceito e a subjugação, que, infelizmente, permeiam o comportamento humano. Assim, há uma semelhança no perfil da vítima de abuso entre os dois mundos. Crianças e adolescentes que são mulheres e/ou que fogem da heteronormatividade são vistos como potenciais alvos de agressores on-line, que buscam exercer seu controle coercitivo baseado na objetificação sexual e nos abusos morais, emocionais e afetivos.

Da mesma forma, outras normas sociais do ambiente real se repetem no virtual, como a apatia da sociedade em relação a formas de violência que não configuram diretamente a agressão física. Em muitas situações, crimes decorrentes de chantagem, lesão psicológica ou *sexting* não recebem o mesmo apelo social, o que fragiliza a vítima e empodera o agressor, muitas vezes fortalecido por redes de apoio misóginas, que o fazem encarar sua postura perversa como normal, principalmente quando oriundos de culturas mais conservadoras, o que prejudica as possibilidades de mudança comportamental (GILLETT, 2018).

O abuso físico, sexual e emocional e várias formas de negligência de crianças estão associados a um risco aumentado de psicopatologia resultante do uso inadequado de aplicativos de namoro. Esses casos representam desafios adicionais para os médicos, devido a muitas forças complexas da família e do sistema que superam as crianças e suas famílias. Avaliar as consequências associadas aos maus-tratos, que muitas vezes são multimodais, requer abordar uma variedade de fatores externos que podem perpetuar ou exacerbar os sintomas e o funcionamento prejudicado. Compreender as diferentes culturas dos sistemas de serviços jurídicos e de proteção à criança ajudará a defender, de forma mais eficaz, os melhores interesses de crianças e adolescentes maltratados. O principal objetivo deve ser prevenir novos casos, minimizar seu sofrimento, potencializar seu desenvolvimento e promover sua competência (ZEANAH; HUMPHREYS, 2018; VACHON *et al.*, 2015; FANG *et al.*, 2012).

A pandemia da Covid-19 tornou tudo mais desafiador, e um enorme aumento da violência infantil e jovem tem ocorrido. O número de abusos de namoro on-line está afetando milhões de adolescentes e jovens em todo o mundo. As evidências atuais mostram que a fraude de romance cibernético teve um grande aumento após abril de 2020, o que está muito acima de qualquer variação de crime esperada, considerando as tendências pré-Covid (COLLIER *et al.*, 2020; GARSIDE, 2020; GOLDSTEIN; FLICKER, 2020; KILLGORE *et al.*, 2020). O distanciamento social, o medo da contaminação, as questões econômicas, o estresse e a ansiedade aumentaram e afetam indivíduos, famílias e sociedade. Além disso, a solidão amplificada pelas restrições de mobilidade aumentou a vulnerabilidade de muitos jovens, que passaram a navegar ainda mais pelos aplicativos de namoro para encontrar alguém que lhes oferecesse atenção, aumentasse sua autoestima e possibilitasse o desenvolvimento de vínculos. Aliado a isso, a conveniência e facilidade de conectividade e a aparente diversão proporcionada pelo ambiente remoto tornaram o grupo muito suscetível a agressores que usurpam a fragilidade emocional de potenciais vítimas oferecendo migalhas digitais emocionais e consequente coerção moral e íntima (KIRÁLY *et al.*, 2020).

O abuso infantil e a negligência podem afetar todos os domínios do desenvolvimento, seja físico, psicológico, emocional, comportamental e social, pois estão todos inter-relacionados (EFFECTS..., 2014; EDMOND *et al.*, 2006; CORSO; LUTZKER, 2006; BRIERE *et al.*, 2001; COURTNEY, 1999; IRAZUZTA *et al.*, 1997; EGELAND; SUSMAN, 1996). Para mitigar o risco de suscetibilidade das crianças a esses tipos de abuso, é primordial que os pais cumpram seu dever legal de educar seus filhos, não descuidando também as relações virtuais. É de extrema importância que a educação digital se torne pauta nos núcleos familiares, com supervisão parental segura e contínua, quanto aos limites e, principalmente, aos danos que o universo virtual pode causar (RADAELLI; BATISTELA, 2019).

Os riscos no uso das mídias sociais precisam ser enumerados, articulados e compreendidos para que se estabeleçam estratégias para lidar com esses problemas e atender melhor os direitos das crianças e adolescentes. Para atingir esse objetivo, a União Internacional de Telecomunicações (UIT) produziu o *Guia 2020 de Proteção Online para Crianças* com o objetivo de compilar um conjunto abrangente de recomendações para crianças, pais e educadores, indústria e tomadores de decisão sobre como contribuir para o desenvolvimento de um ambiente online seguro e empoderador para crianças e jovens (IUT..., 2020). As novas diretrizes foram elaboradas para servir de modelo, que pode ser adaptado e utilizado por diferentes países e atores, de forma condizente com a legislação e os costumes locais, para garantir a segurança de crianças e adolescentes.

O uso da internet é uma marca da sociedade, proporcionando grandes avanços e inovações no bem-estar social e na disseminação do conhecimento. Todo esforço precisa ser direcionado para a prevenção de casos, promovendo boas práticas e orientação constante para crianças em pleno desenvolvimento. A prevenção do abuso infantil e adolescente precisa de uma visão multissetorial, que envolva setores além da saúde, do reforço para pais e cuidadores, bem como normas e leis rígidas. É importante discutir o risco em torno do namoro on-line e trabalhar os sinais a serem observados para evitar se colocar em situações inseguras (CHEN *et al.*, 2010; CORSO; FERTIG, 2020; FANG *et al.*, 2012; COLLISHAW *et al.*, 2007).

É necessário, portanto, que as instituições criem mecanismos múltiplos para reverter a culpabilização das vítimas — algo recorrente na sociedade atual — e aniquilar a normalização do abuso cibernético a que estão submetidas muitas crianças e adolescentes vulneráveis (PHAN; SEIGFRIED-SPELLAR; CHOO, 2021), acima tudo, pela imposição da interação virtual do período de pandemia. Apesar da familiaridade com as tecnologias, os indivíduos das novas gerações rotineiramente não possuem habilidades suficientes para aproveitar com maturidade todas as janelas abertas pelo mundo virtual (NATIVOS..., 2021). Portanto, a vigilância dos pais é essencial para esclarecer os perigos de acessar plataformas de relacionamento remoto e ensinar crianças e adolescentes a reconhecer possíveis sinais de abuso.

Além disso, os aplicativos devem mitigar a insegurança dos usuários, fornecendo mecanismos que permitam à vítima reconhecer frases e expressões que possam prenunciar abusos.

Foi nesse sentido que, recentemente, pesquisadores da Universidade de São Paulo desenvolveram um algoritmo que monitora conversas suspeitas e alerta jovens e pais sobre os riscos de uma possível interação com um pedófilo (GAMA, 2022). Apesar de promissor, o programa precisa ser aprimorado. No entanto, é apenas uma ferramenta para resolver o problema que necessita urgentemente de debate social e fiscalização efetiva por parte das famílias, sociedades e governos.

Com o acesso cada vez maior e mais fácil à internet, novas preocupações também começaram a surgir, inclusive com a segurança de seus usuários, principalmente aqueles de faixa etária mais jovem que ainda não conseguem discernir o que é inofensivo do que pode ser gravemente nocivo. A exposição excessiva de crianças e adolescentes no ambiente virtual, a exploração sexual infantil e o abuso têm ocorrido com, cada vez mais, frequência no ambiente on-line. O abuso de crianças e adolescentes em sites ou aplicativos de namoro pode ocorrer física, sexual e psicologicamente. Neste último, o agressor ganha a confiança da vítima fingindo ser da mesma idade ou mesmo enviando dinheiro e presentes. Uma vez conquistado, ele começa a pedir fotos e vídeos e, depois que os primeiros são recebidos, as ameaças começam a surgir, fazendo com que esse ciclo de exploração demore um pouco para terminar.

Grupos de jovens com problemas de saúde mental, LGBTQI e de aprendizagem tornam-se mais vulneráveis pela falta ou necessidade de integração social, além de terem amplo acesso à internet sem um senso crítico aguçado dos riscos que ela traz, usando-a com inocência a maior parte do tempo. Esses episódios de abuso e exploração infantil trazem ainda consequências traumáticas e danos psicológicos às suas vítimas, principalmente depressão, ansiedade e agressividade. Portanto, na vida adulta, pode acarretar dificuldades conjugais, uso de álcool, drogas e pensamentos suicidas, revelando o quão devastadora é essa experiência e reforçando a necessidade de supervisão dos pais ou responsáveis aos conteúdos acessados virtualmente pelos filhos, com a ajuda de leis e estratégias que visam a reduzir o anonimato no mundo on-line, crucial para a segurança de todos que o utilizam.

Seremos nós as ruínas destas crianças? De que forma o tempo nos toca e, também, de que forma nos relacionamos com o tempo, com as idades, com a vida?

(Jorge Luiz Peixoto, do livro A criança em ruínas)

ENTENDENDO A ESTRUTURA DA CAIXA

Historicamente, os sistemas de atendimento a jovens apoiaram crianças e adolescentes expostos a traumas sem reconhecer, entender ou abordar o impacto do trauma ou adaptar as respostas para atender às necessidades relacionadas a ele. Isso é particularmente verdadeiro entre os jovens LGBTQIA+, que muitas vezes transitam por ambientes educacionais e de serviços que, na melhor das hipóteses, não entendem o que precisam e, na pior das hipóteses, causam danos. À medida que a conscientização sobre a prevalência e o impacto do trauma na vida dos jovens cresce, também cresce o reconhecimento de que todos os educadores e prestadores de serviços têm a responsabilidade de ajudar a construir ambientes e relacionamentos que promovam a resiliência, previnam ou minimizem os efeitos do trauma e apoiem curando. Isso inclui identificar e adotar estratégias específicas para prevenir e abordar o trauma entre os jovens LGBTQIA+.

Adotar uma abordagem informada sobre o trauma significa mudar as práticas, as políticas e a cultura de uma escola ou agência para garantir um ambiente propício à saúde e ao bem-estar para todos, particularmente aqueles expostos ao trauma (KOSCIW *et al.*, 2016; FINKELHOR *et al.*, 2015, FINKELHOR; ORMROD; TURNER, 2009). O preconceito, a rejeição familiar e os maus-tratos sofridos pelos jovens LGBTQIA+ — ou por aqueles que são percebidos como LGBTQ — têm um tremendo impacto negativo. As estatísticas mostram que de 20 a 40% dos jovens sem-teto são LGBTQIA+ e que os jovens LGBTQIA+ enfrentam taxas mais altas de suicídio e tentativas de suicídio do que seus pares heterossexuais.

Para crianças e jovens adotivos LGBTQIA+, discriminação, negligência e maus-tratos por colegas, famílias adotivas, assistentes sociais e outros funcionários de agências agravam os problemas enfrentados, resultando em maiores riscos de problemas de saúde e saúde mental, fracasso escolar, falta de moradia e suicídio (LGBTQ..., 2022).

Entre os motivos que tornam as minorias sexuais e de gênero, ou seja, crianças e adolescentes lésbicas, gays, bissexuais, travestis, transexuais e transgêneros, *queers*, intersexuais, assexuais e outros (LGBTQIA+) mais vulneráveis em tempos como o presente, podemos citar os altos índices de violência a que são submetidos diariamente (BORDIANO *et al.*, 2021). No Brasil, situações, como falta de proteção institucionalizada, rejeição familiar e *bullying* geram alto impacto na vida social, afetiva e familiar, gerando dor e sofrimento psíquico (PINTO *et al.*, 2020; MENDES; SILVA, 2020).

Nesse contexto, as vozes de crianças e adolescentes LGBTQIA+ costumam ser desconhecidas. Ressalta-se que o Brasil é o país com maior índice de homicídios contra transexuais: 118,5 casos por ano desde 2008 (BENEVIDES; NOGUEIRA, 2019). É, portanto, não apenas uma consequência lógica da violência contra esse grupo que sustenta a sociedade, mas também um dispositivo de poder que regula a coreografia desses corpos e pensamentos dentro da sociedade, na qual o estigma, a discriminação e a criminalização de pessoas do mesmo sexo ou transgêneros relações e identidades prevalecem. Em tempos de crise, essas vulnerabilidades são amplificadas em crianças e adolescentes (OUTRIGHT ACTION INTERNATIONAL, 2020).

Em outras palavras, o isolamento vivenciado por crianças e adolescentes LGBTQIA+ se constitui como uma paisagem, sendo um elemento fundamental para a manutenção da geografia heteronormativa, colonial e racista responsável por marginalizar todos os corpos, em certa medida, expondo a existência da lógica estético-política responsável pela marginalização e pelo genocídio de populações vulneráveis (OLIVEIRA; CARVALHO; JESUS, 2020). As medidas de bloqueio impostas pela Covid-19 obrigaram crianças e adolescentes LGBTQIA+ a perder o acesso a grupos sociais e comunitários que são fontes essenciais de apoio, aumentando, assim, o comprometimento psicossocial, incluindo sintomas de ansiedade e depressão, bem como o acesso limitado aos serviços de saúde, apesar do aumento das intervenções eletrônicas (AMSALEM; DIXON; NERIA, 2021; SALERNO; DEVADAS; PEASE, 2020)

Por serem por vezes rejeitados na família, um mecanismo significativo de resistência e sobrevivência desses grupos é o vínculo que estabelecem com suas comunidades. Desse modo, dadas as medidas de distanciamento social, essas crianças e adolescentes sofreram sérios impactos, devido à impossibilidade de contato mais ativo e interações face a face com seus afetos e lugares familiares, o que levou a uma experiência de isolamento e solidão, assim causando situações estressantes para minorias individuais e coletivas (OUTRIGHT ACTION INTERNATIONAL, 2020).

É importante destacar que, no Brasil, jovens heterossexuais e/ou cisgêneros e seus pares LGBTQIA+ são mais propensos a vivenciar desigualdades sociais, como insegurança alimentar, falta de moradia, lares adotivos, outras moradias instáveis e pobreza, o que pode ter agravado sua saúde mental e seu bem-estar durante a atual pandemia, sendo desproporcionalmente sobrecarregados por problemas de saúde mental. Essa situação pode aumentar ainda mais suas vulnerabilidades médicas e psicológicas (SALERNO; DEVADAS; PEASE, 2020; BAAMS; WILSON; RUSSELL, 2019).

Assim, embora tenha se passado uma década desde a instituição da Política Nacional de Saúde LGBT no Brasil, ainda é necessária a formação adequada de profissionais de saúde para prestar serviços adequados a crianças e adolescentes (TORRES *et al.*, 2021). Considerando que os jovens LGBTQIA+ correm risco de abuso sexual e afetivo em geral, e provavelmente também durante a pandemia, era fundamental que os profissionais de saúde pública implementassem estratégias que fortalecessem a notificação e identificação de abuso e violência doméstica durante a pandemia da Covid-19. Essas estratégias deveriam incluir a coleta de informações sobre as identidades das vítimas LGBTQIA+ necessárias para reconhecer casos de abuso diretamente relacionados às identidades LGBTQIA+, o que muitas agências de serviço social não fazem (BORDIANO *et al.*, 2021; MENDES; SILVA, 2020; BENEVIDES; NOGUEIRA, 2019).

Nos últimos anos, evidências consideráveis demonstram os riscos e impactos diferenciais de emergências complexas e crises de saúde em populações específicas, como crianças e adolescentes LGBTQIA+, particularmente aqueles que vivem na pobreza. No Brasil, estão surgindo dados que indicam claramente as disparidades relacionadas à Covid-19 no acesso aos cuidados e nas taxas de sobrevivência entre crianças e adolescentes

LGTBTQIA+, que são desproporcionalmente representados por rendas mais baixas e taxas mais altas de doenças crônicas e desnutrição (OLIVEIRA; CARVALHO; JESUS, 2020).

É preciso lembrar que, em 2020, o Brasil garantiu para si o primeiro lugar no ranking de assassinatos de pessoas LGBTQIA+ no mundo, com números que se mantiveram acima da média (MENDES; SILVA, 2020). Nesse contexto, o debate internacional reflete que crianças e adolescentes vítimas de abuso precisam urgentemente do apoio da saúde pública para facilitar e ampliar o acesso aos serviços sociais e recursos de saúde mental em contexto de pandemia, incluindo tratamento de saúde mental (SALERNO; DEVADAS; PEASE, 2020).

Parafraseando Nasio (2007), assim a dor, embora insuportável, fica integrada ao eu dessas crianças e desses adolescentes e vai se compondo com ele. Enquanto intérpretes dessa realidade, as mães se percebem pertencentes ao interior dessa dor e suas implicações, desenvolvendo inúmeras tensões incontroláveis.

Em tempos de aprofundamento da crise e de um governo federal desumano, as desigualdades de gênero e raça são ainda mais evidentes na vida dos trabalhadores brasileiros. As mulheres negras representam 27,8% de toda a população brasileira. Dessas, uma imensa parte vive na periferia, são trabalhadores de do setor informal e estão desempregados (VITORIO, 2021). São incontáveis, vivem à margem, clamam por justiça.

Um questionário realizado pela Rede de Pesquisa Solidária (DESIGUALDADES..., 2021) apontou que a população negra é mais propensa a morrer de Covid-19, independentemente da profissão exercida. Quando comparados os gêneros, as mulheres negras são mais vítimas do novo coronavírus até mesmo do que os homens negros, sendo o grupo em que mais mortes por a doença ocorreram. Ao enfrentar a desigualdade de gênero, aliada à desigualdade, as mulheres negras tiveram o maior número de óbitos.

Além do papel social de cuidar do lar e da família, as mulheres negras enfrentam outros desafios. Nesse contexto, alguns fatores são mais agravantes: moradia insalubre, acesso inadequado à água, alimentação com baixa qualidade nutricional, espaços que afetam o estado mental (O PAÍS..., 2021). É importante destacar que o Brasil oferecesse assistência médica gratuita e universal por meio da Rede Pública Brasileira e do Sistema Único de Saúde (SUS), mas, infelizmente, a precariedade e o subfinanciamento desse sistema colocam em risco as populações vulneráveis que mais utilizam o SUS (MARTINS, 2020).

Dessa forma, a Covid-19 é uma doença grave para todos os corpos sem imunidade, porém ainda mais grave para quem vive fora das proteções do Estado, como as populações negras e seus filhos. É hora de virar o globo e olhar para a pandemia do nosso lugar no mundo: precisamos de narradores da necropolítica em nossos países e países vizinhos. As estatísticas da multidão nos dão uma falsa sensação de vulnerabilidade igual à doença, e o corpo mais vulnerável à necropolítica será aquele com mais intersecções de desigualdade na sobrevivência cotidiana (DINIZ, 2020). O que sobra são inúmeras perdas. Mais precisamente, a orfandade.

A pandemia de orfandade oculta é uma emergência global, e não podemos mais esperar para agir. Precisamos urgentemente identificar as crianças por trás desses números e reforçar os sistemas de monitoramento existentes (TALYOR, 2021). A orfandade também é uma questão de saúde pública e evidencia, principalmente, as tensões geopolíticas existentes. Dessa forma, destacamos a forte naturalização das desigualdades e a extrema vulnerabilidade das crianças e adolescentes impactados pela Covid-19 pandemia.

A Covid-19 continua a separar as famílias, deixando os filhos de pais falecidos com ainda menos opções do que antes da pandemia (HILLIS *et al.*, 2021). No Brasil, uma criança fica órfã por Covid-19 a cada 5 minutos. Isso é uma estimativa alarmante, especialmente nas regiões mais vulneráveis e regiões carentes do país, como Norte e Nordeste. As evidências atuais enfatizam que, a cada 3 milhões de mortes devido à pandemia, mais de 1,5 milhão de crianças perdem suas mães, pais ou cuidadores primários (geralmente avós). Isso pode ser muito traumático para as crianças (CAMARANO, 2020; BRASIL *et al.*, 2021).

Nesse contexto, o Brasil é o segundo país do mundo com a maior número de mortes por Covid-19, reduzindo as opções de cuidado entre os membros da família. Evidências de epidemias anteriores mostraram que respostas ineficazes após a morte de um dos pais ou do cuidador, mesmo quando um deles sobrevive, pode levar a danos psicossociais, neurocognitivos, resultados socioeconômicos e biomédicos para crianças.

Isso pode ser agravado por medidas de distanciamento social, escolas fechadas e a impossibilidade de participar de cerimônias de luto. A experiência física do desânimo, vivida por crianças órfãs e adolescentes, é permeada pelas especificidades de seu isolamento, seu sofrimento psíquico e sus lágrimas de despedida — transtornos psíquicos exigem uma abordagem emergente e transparentes ações que possam fornecer às crianças apoio e preparação para uma situação de perda.

Muitas vezes, o luto pode ser seguido por um aumento da pobreza e, consequentemente, da vulnerabilidade. Nesse sentido, embora muitas crianças tenham grande resiliência, o sofrimento psíquico pode afetar negativamente sua capacidade cognitiva, devido à falta de fatores atenuantes para sua dor. Dentro orfandade, as perdas são influenciadas pela memória ou o que pode ter ficado disso.

Crianças foram afetadas pela pandemia diferentes maneiras — inclusive pela carga psicossocial de ter perdido seus pais ou cuidadores, além das adversidades secundárias resultantes de tal perda (por exemplo, pobreza, abuso e institucionalização). Dado o risco de resultados negativos entre crianças que choram a morte de seus pais, governos e organizações, em todo o mundo, devem se concentrar em identificar e apoiar essa população de jovens vulneráveis (DONG; DU; GARDNER 2020; KENTOR; KAPLOW, 2020; KENTOR; THOMPSON, 2021).

Nas Regiões Norte e Nordeste, observamos que a integridade de crianças e adolescentes órfãos está iminente risco, especialmente porque introjetam medo. Além disso, quando uma emergência de saúde mental não considera cada indivíduo como tendo uma infância, gênero, raça e rosto, crianças e adolescentes acabam em condições muito precárias (SILVA; JARDIM; SANTOS, 2020; KENTOR; KAPLOW, 2020). É importante ressaltar que nem todas as crianças enlutadas terão resultados biopsicossociais adversos. Resiliência em saúde mental e comportamental não deve ser deixada de lado, mostrando que os impactos devastadores das desigualdades se intensificam quando o abandono e negligência são agravadas.

As Regiões Norte e Nordeste do Brasil têm o maior número de crianças experimentando esses efeitos adversos e situações duradouras, que são de segunda ordem impactos da Covid-19, com mais crianças experimentando a morte de seus cuidadores do que em qualquer outra região brasileira. Em meio a tantos números, as trágicas histórias dessas crianças tornam-se invisíveis porque a saúde mental da criança e do adolescente não está devidamente abordada, o que também os impede de sofrer.

É importante ressaltar que tal vulnerabilidade geralmente coloca essas crianças na necessidade de alternativas ou cuidados complementares, como ser cuidado por outros membros da família ou adotados (WORLD BANK GROUP, 2021) No entanto, as respostas de saúde à pandemia, como o distanciamento social e as restrições à realização remota de avaliações de proteção infantil, diminuíram severamente a capacidade de crianças e adolescentes órfãos terem acesso a sistemas e serviços de proteção, o que, de outra forma, proporcionaria a essas crianças intervenções de segurança e apoio (TALYOR, 2021). Observe-se aqui que a representação da perda é forçadamente associada ao estranhamento da fome. O processo é longo e cheio de intempestivas lutas entre poderes e saberes dominantes. Assim, diremos que a pobreza e a pobreza extrema atingiram níveis em 2020, na América Latina, que não foram observados nos últimos 12 e 20 anos, respetivamente, bem como um agravamento dos índices de desigualdade (PANDEMIA PROVOCA..., 2021). A situação social do Brasil traz um novo perfil de pessoas em situação de rua: mulheres (mães, negras e pardas), crianças, adolescentes e adultos com baixa escolaridade e desempregados. A falta de dados sobre os impactos da pandemia nessa população, como o número de pessoas infectadas e mortes, cruza obstáculos para pensar nas políticas de saúde pública e de proteção social.

A maioria dos casos não é quantificada, há invisibilidade histórica (NUNES; RODRIGUEZ; CINACCHI, 2021; GAMEIRO, 2021). As pessoas estão indo às ruas para tentar sobreviver. Algumas são pessoas sem-teto e tentando sobreviver nas ruas, outras têm, mas não têm nada para comer se são forçados a deixar suas casas e lutar por comida com a população em situação de rua. A invisibilidade social da população em situação de rua se reproduz no estado incapacidade de contá-los, de pensar em suas necessidades (NUNES; SOUSA, 2021; SOUSA, 2021; RODRIGUEZ et al., 2020).

Com múltiplas determinações sociais para a saúde ligadas em suas histórias de vida, a população em situação de rua carrega marca de uma sociedade marginalizada, sofrendo estigmas, discriminação e preconceito manifestados em um estado de injustiça e violência (GOES; RAMOS; FERREIRA, 2020).

Um estudo desenvolvido pelo Instituto de Pesquisa Econômica Aplicada (Ipea) (NATALINO, 2020) concluiu que, em março de 2020, havia cerca de 221 mil moradores de rua, o que representa um aumento de 140% da população em situação de rua em relação aos níveis de 2012. O mesmo estudo relatou que crescimento é observado em todas as grandes regiões e cidades de todos os tamanhos, sugerindo que é o mesmo efeito dinâmica. No Brasil, 19 milhões de pessoas passam fome, uma em cada três crianças é anêmica, e o auxílio-emergencial do governo federal compra apenas 38% da cesta básica.

A insegurança alimentar vai desde a má qualidade da alimentação, passando pela instabilidade no acesso aos alimentos, até a própria fome. Nos açougues, em meio aos preços proibitivos da carne, os consumidores recorrem a cortes antes desprezados pela maioria, como pés de galinha e miúdos (BBC NEWS, 2021) Estamos trazendo à luz uma população heterogênea que tem em comum pobreza extrema, laços familiares rompidos ou enfraquecidos e uma falta de habitação convencional regular (NUNES; SOUSA, 2021).

É importante notar que, no orçamento da União de 2021, gastos discricionários atingiram a menor taxa da história, com corte de R$ 17,2 bilhões. Essa situação afeta a manutenção das políticas públicas no Brasil. Unidades de Saúde em Brasília (capital do país, terceira cidade com maior Produto Interno Bruto – PIB, do Brasil) identificou um aumento na busca por pessoas com sintomas que acreditam ser uma doença, mas que, na realidade, passam fome. Isso é outro impacto dramático da pandemia.

O aumento nesse contingente populacional é visível para quem caminha em todo o país (BENITES, 2021). É uma emergência de direitos humanos, em que muitas pessoas vivem a mesma experiência ao mesmo tempo, com extremas dificuldades com o limite e a frustração que isso implica. É a pobreza que causa importantes mudanças nas chances de sobreviver ao óbvio.

Nesse contexto, quando um sem-abrigo não tem o que comer, nem a sua família, estamos falando de tensões reais e simbólicas, que acontecem em espaços de vulnerabilidade e risco social. Encontramos nas ruas pessoas silenciadas, anônimas e esquecidas pela sociedade. É o desamparo persistente que enfraquece, adoece e assume conotações de riscos iminentes à integridade humana, causando sofrimento psíquico, todos os dias, em meio a lágrimas e silêncios ocultos.

Portanto, quando a dor é a uma desorientação, física e/ou psíquica, ela encontra espaços limítrofes no binômio vida e morte — são conjunturas de tensões internas confrontadas dia a dia pelos sussurros de desesperos, pela mendicância por saúde e possíveis diagnósticos de final de vida. Nasio (2007) destaca que, quando uma dor aparece, podemos acreditar, estamos atravessando um limiar, passamos por uma prova decisiva. Que prova? A prova de uma separação, da singular separação de um objeto que, deixando-nos, súbita e definitivamente, nos transtorna e nos obriga a nos reconstruirmos. Isso diz como o a realidade é o fio sutil que liga as diversas separações dolorosas.

Certamente o número de crianças — recém-nascidos, bebês, crianças e adolescentes até 19 anos — que necessita de Cuidados Paliativos Pediátricos (CPP) a cada ano, pode chegar a 21 milhões (CONNOR; DOWNING; MARSTON, 2017). Quase 2,5 milhões de crianças morrem, a cada ano, de sofrimento grave relacionado à saúde, e mais de 98% dessas crianças estão em países de baixa e média renda (KNAUL *et al.*, 2017). Embora as estimativas sejam divergentes, não há dúvida de que há uma enorme necessidade de compreender a negligência e/ou abuso no sofrimento, em larga escala, de crianças e adolescentes em cuidados paliativos. Faz-se necessário compreender se esses potenciais sujeitos de vulnerabilidades clínicas, psicológicas, sociais e culturais são realmente amparados por diretrizes éticas no manejo da dor e do sofrimento persistente.

As preocupações com os maus-tratos infantis podem complicar a prestação de CPP. Pouco se sabe sobre a população vulnerável de crianças com condições de risco de vida envolvidas com PPC e serviços de proteção à criança estaduais ou equipes de proteção à criança hospitalares. Mais informações são necessárias para informar e otimizar o cuidado colaborativo (CLEVELAND et al., 2021). A necessidade de CPP globalmente é alta, mas há evidências limitadas da qualidade ou dos resultados dos cuidados prestados.

A falta de uma medida de resultado para PPC tem sido consistentemente citada como uma razão para a falta de evidências robustas no campo (DOWNING; NAMISANGO; HARDING, 2018). O interesse na medição de resultados em cuidados paliativos pediátricos está aumentando. Até o momento da escrita deste livro, a maioria dos estudos que investigam desfechos relevantes de cuidados paliativos pediátricos concentra-se em crianças com câncer. No entanto, faltam insights sobre domínios de resultados relevantes para crianças com comprometimento neurológico grave e suas famílias (RIBBERS et al., 2020).

A colaboração entre pais e cuidadores profissionais é uma parte essencial dos cuidados paliativos pediátricos. Como as crianças estão inseridas nos sistemas familiares, e muitos dos pacientes não são capazes de se comunicar verbalmente, seus pais são os principais parceiros de interação para os prestadores de cuidados paliativos. As normas internacionais para CPP na Europa afirmam que os pais devem ser apoiados, reconhecidos como carreiras-chave e envolvidos como parceiros em todos os cuidados e decisões (SCHUETZE et al., 2022). Todos os membros da equipe de cuidados paliativos são designados como denunciantes obrigatórios de abuso infantil.

Existem barreiras significativas para relatar negligência de abuso de crianças moribundas. É difícil para uma equipe de cuidados paliativos (cujos membros podem estar emocionalmente ligados a uma criança e família) avaliar objetivamente se sua suspeita de abuso ou negligência é justificada. É igualmente difícil para o serviço de proteção à criança, que pode ter pouca experiência em investigar o abuso ou negligência de uma criança com doença terminal. O desafio para ambas as equipes é descobrir quando a linha entre o estresse avassalador e a negligência ou abuso real é ultrapassada. Por mais difícil que seja o encaminhamento para o serviço de proteção à criança, quando uma criança está morrendo, ela precisa de uma voz, e a equipe de cuidados paliativos pode ser essa voz (KORONES, 2015).

Certos membros da equipe de cuidados paliativos (por exemplo, auxiliares de cuidados paliativos, voluntários e equipe de entrega de equipamentos médicos) podem não se reportar diretamente aos serviços de proteção à criança se encontrarem suspeita de abuso ou negligência, mas devem consultar a equipe do hospital para garantir que a denúncia seja feita aos serviços de proteção à criança. Pacientes pediátricos em cuidados paliativos podem ser submetidos a maus-tratos. Embora existam várias definições de abuso, em geral é qualquer ato consciente, intencional ou negligente de um adulto encarregado de cuidar de uma criança ou qualquer outra pessoa que cause dano ou risco grave de dano a uma criança, seja essa pessoa, cronológica ou fisicamente, um adulto (ROSE *et al.*, 2021; CARTER, 2019).

Os pais têm a obrigação ética e legal de fornecer cuidados médicos adequados aos filhos. Se não o fizerem, os médicos são legalmente obrigados a relatar preocupações de negligência infantil aos serviços de proteção à criança. No entanto, os critérios para relatar más práticas são vagos, e o limite para relatar pode ser controverso. Com o surgimento dos CPP, surgem novos dilemas sobre se os pais podem ser negligentes na prestação de cuidados paliativos. Esses dilemas também levantam questões sobre o remédio apropriado. Parece desumano permitir que uma criança sofra por causa da recusa dos pais em administrar analgesia adequada, mas também parece desumano remover uma criança moribunda de sua casa e dos cuidados de seus pais amorosos (LEY *et al.*, 2019; SANTORO; BENNET, 2018).

Os cuidados paliativos para crianças com doenças limitantes da vida são o cuidado total ativo do corpo, mente e espírito da criança. Começa no diagnóstico e continua, independentemente de a criança receber tratamento direcionado para a doença. Esses cuidados procuram controlar todas as formas de sofrimento relacionadas à doença, incluindo a dor. Envolvem apoio social, psicológico, espiritual e legal para irmãos, pais e outros familiares próximos. Quando um paciente opta por cuidados paliativos, o hospital é responsável por fornecer todos os serviços relacionados à doença terminal do paciente e condições relacionadas, inclusive garantindo que os direitos do paciente sejam respeitados. Quando um hospital não atende aos requisitos do *Medicare* relacionados aos direitos do paciente, pode haver consequências significativas (SPRAKER-PERLMAN *et al.*, 2019). Nesses casos, pode ocorrer abuso ou negligência, causando danos ao paciente.

Abuso significa imposição intencional de lesão, confinamento irracional, intimidação ou punição com dano físico, dor ou angústia mental resultante. Exemplos de abuso podem incluir: a) abuso verbal, que insere o uso de linguagem oral, escrita ou gestual que intencionalmente inclui termos depreciativos e depreciativos para pacientes ou suas famílias, ou dentro de sua distância de audição, independentemente de idade, capacidade de compreensão ou deficiência; b) abuso mental que inclui, mas não se limita a, humilhação, assédio e ameaças de punição ou privação; c) abuso sexual, que inclui, mas não se limita a, assédio sexual, coerção sexual ou agressão sexual, e d) abuso físico, que inclui, mas não se limita a, bater, esbofetear, beliscar e chutar (HARMONEY *et al.*, 2019; FORTIN; KWON; PIERCE, 2016; TIEN; BAUCHNER; REECE, 2002).

Negligência, portanto, significa deixar de fornecer bens e serviços necessários para evitar danos físicos ou angústia mental. Um bebê, uma criança ou um jovem pode estar em risco de dano, devido a dano físico, psicológico ou emocional, real ou provável, ou como resultado do que não é feito (negligência) por outra pessoa, geralmente um adulto responsável por seus cuidados (DEGROOTE *et al.*, 2022; ARMFIELD *et al.*, 2020). Crianças em cuidados fora de casa muitas vezes experimentaram disfunção familiar extrema por um longo período, bem como episódios de abuso. Eles geralmente têm problemas emocionais e comportamentais significativos, bem como atrasos no desenvolvimento e necessidades de saúde negligenciadas. Essas crianças são cuidadas, principalmente, por famílias extensas e famílias de acolhimento, embora uma pequena proporção, geralmente com mais de 12 anos, seja cuidada em unidades residenciais.

Suas necessidades de saúde, desenvolvimento e comportamento podem exigir apoio e intervenção de especialistas. Embora essas crianças possam ter sido removidas dos danos e abusos que sofreram, elas permanecem vulneráveis a mais abusos e exploração, a menos que os cuidadores sejam bem apoiados, e os serviços apropriados sejam fornecidos (MIYAMOTO *et al.*, 2017; EASTMAN; MITCHELL; PUTNAM-HORNSTEIN, 2016; BENBENISHTY *et al.*, 2014; PUTNAM-HORNSTEIN *et al.*, 2013; LANG *et al.*, 2013).

Embora rara na população pediátrica geral, a negligência médica é uma preocupação relativamente frequente de maus-tratos infantis em CPP. Os praticantes de CPP têm a oportunidade de auxiliar na avaliação adequada de negligência médica em crianças sob seus cuidados. Uma colaboração mais próxima do CPP com os serviços de proteção à criança do estado pode otimizar ainda mais o atendimento (CLEVELAND *et al.*, 2020). Em geral, as crianças relatadas por negligência médica têm condições médicas crônicas graves. Há uma necessidade e oportunidade para intervenções melhoradas.

Os caminhos para estudos futuros incluem intervenções adaptadas ao diagnóstico subjacente, disparidades raciais/étnicas, eficácia das intervenções do serviço de proteção à criança e prevenção direcionada para famílias em risco com crianças medicamente complexas (FORTIN; KWON; PIERCE, 2016), risco paterno, crime materno história e um maior número de cuidadores foi associado a desfechos de maus-tratos. A violência dos pais pode afetar a prevenção do abuso infantil (DUFFY *et al.*, 2015).

O conceito de abuso infantil e a gravidade da decisão de denunciar podem ser motivo de preocupação para o denunciante, incluindo discussões sobre: a) sentimentos desconfortáveis que os clínicos podem experimentar relacionados às suas próprias reações contratransferenciais; b) fornecimento de recursos para auxiliar os médicos na difícil determinação de suspeita de maus-tratos; c) melhoras na relação entre o serviço de proteção à criança e os prestadores de serviços médicos — por exemplo, a equipe do serviço de proteção à criança deve informar sistematicamente ao médico o resultado de sua investigação sobre a criança e a família. Certos profissionais, com experiência comprovada no reconhecimento e tratamento de abuso infantil e registrados como tal, devem ter "opções flexíveis de denúncia" (TALSMA; BENGTSSON; ÖSTBERG, 2015; FLAHERTY; SEGE, 2005).

O cirurgião pediátrico está em uma posição única para avaliar, estabilizar e gerenciar uma vítima de abuso físico infantil (anteriormente trauma não acidental – [NAT]) no cenário de um sistema formal de trauma (ESCOBAR JÚNIOR et al., 2019). No entanto, os critérios para relatar negligência médica são vagos. Quais tratamentos se enquadram adequadamente no domínio da tomada de decisão compartilhada em que os pais podem decidir se aceitam as recomendações dos médicos? Que tratamentos são tão claramente do interesse da criança que seria negligente recusá-los? Quando o relato de preocupações de negligência médica ao serviço de proteção à criança pode ser controverso? Parece desumano permitir que uma criança sofra por causa da recusa dos pais em administrar a analgesia adequada (LEVY et al., 2019).

Embora os pais geralmente tenham autoridade legal para tomar decisões sobre cuidados paliativos pediátricos, leis e jurisprudências federais e estaduais impõem restrições significativas à autoridade de tomada de decisão dos pais e médicos. As barreiras ao compartilhamento de dados entre agências estaduais e federais devem ser reduzidas para simplificar pesquisas, programas e políticas. Atenção especial deve ser dada às necessidades inerentemente complicadas de cuidar de uma criança com complexidade médica — a mais vulnerável a experimentar e sofrer por causa da negligência (COLLER; KOMATZ, 2020).

*Será que vou morrer? Olhas-me e só tu
sabes: ferros em brasa, fogo, silêncio e chuva que não se pode
dizer: amor e morte: fingir que está tudo bem: ter de sorrir:
um oceano que nos queima, um incêndio que nos afoga.*

(Jorge Luiz Peixoto, do livro A criança em ruínas)

PEQUENOS RASGOS NA CAIXA

A pandemia da Covid-19 levantou preocupações sobre a saúde mental de uma geração de crianças, mas pode representar apenas a ponta de um iceberg de saúde mental — um iceberg que ignoramos por muito tempo. Cada criança ou jovem que morreu por suicídio é um indivíduo precioso, e suas mortes representam uma perda devastadora, deixando um legado para as famílias, que pode ter um impacto nas gerações futuras e na comunidade em geral. Tal como acontece com todas as mortes de crianças e jovens, existe uma grande necessidade de compreender o que aconteceu e o porquê, em todos os casos (SLEAP et al., 2021).

Entre março e outubro de 2020, a porcentagem de visitas ao Departamento de Emergência para Crianças com Emergências de Saúde Mental aumentou 24%, para crianças de 5 a 11 anos, e 31%, para crianças de 12 a 17 anos. Houve também um aumento de mais de 50% nas visitas ao departamento de emergência com suspeita de tentativa de suicídio entre meninas de 12 a 17 anos, no início de 2021, em comparação com o mesmo período de 2019. Além disso, muitos jovens foram afetados pela perda de um ente querido. Dados recentes mostram que mais de 140 mil crianças nos EUA sofreram a morte de um cuidador primário ou secundário durante a pandemia da Covid-19, com crianças de cor desproporcionalmente afetadas (PEDIATRICIANS..., 2021).

Desse modo, o impacto da Covid-19 na saúde mental de crianças e adolescentes é motivo de grande preocupação. Ansiedade, depressão, distúrbios do sono e do apetite, bem como prejuízo nas interações sociais são as apresentações mais comuns. Em comparação com os adultos, essa pandemia pode continuar a ter consequências adversas aumentadas a longo prazo na saúde mental de crianças e adolescentes (MEHERALI et al., 2021).

É importante observar que o suicídio é a segunda principal causa de morte de crianças, adolescentes e jovens adultos de 15 a 24 anos. A maioria das crianças e dos adolescentes que tentam o suicídio tem um transtorno mental significativo, geralmente depressão. Entre as crianças mais novas, as tentativas de suicídio costumam ser impulsivas. Eles podem estar associados a sentimentos de tristeza, confusão, raiva ou problemas de atenção e hiperatividade. Entre os adolescentes, as tentativas de suicídio podem estar associadas a sentimentos de estresse, dúvida, pressão para ter sucesso, incerteza financeira, decepção e perda (MENTAL..., 2021). Mayne *et al.* (2021) observaram que os exames positivos para sintomas depressivos e risco de suicídio aumentaram em uma quantidade pequena, mas significativa, durante a pandemia da Covid-19. Os aumentos foram mais pronunciados entre adolescentes do sexo feminino, tanto para depressão como para triagem de risco de suicídio, com alguma indicação de aumento entre adolescentes brancos não hispânicos e negros não hispânicos.

Evidências recentes sugerem que tentativas de suicídio (LINDSEY *et al.*, 2019) e mortes por suicídio (JONES *et al.*, 2019; BRIDGE *et al.*, 2018) estão aumentando entre os jovens negros. Os grupos de minorias raciais experimentam discriminação, preconceito e estigmatização aumentados, o que, por sua vez, aumenta o estresse e os resultados negativos para a saúde mental. A teoria da interseccionalidade enfatiza que esses riscos podem ser ainda mais amplificados quando os indivíduos experimentam múltiplas identidades minorizadas, como no caso de alguns jovens multirraciais.

A consideração das identidades raciais que se cruzam é importante para avançar nossa compreensão do risco de suicídio entre os jovens, bem como informar nossa perspectiva para a implementação de mudanças sistêmicas, a fim de reduzir o risco para os jovens mais necessitados (FOX *et al.*, 2020; BERGER; SAMYAI, 2015). Desse modo, a pandemia expôs muitos adolescentes a traumas e testou sua frágil resiliência. Fechamento de escolas, cancelamento de bailes de formatura, separação de amigos. Como se a pandemia não bastasse, os adolescentes assistiram à violência policial e às tensões raciais atingirem o limite. Em seguida, crianças e adolescentes vivenciaram incêndios florestais mortais e outros desastres naturais que destacaram a ameaça da mudança climática.

Nesse contexto, enquanto a Covid-19 segue em 2022, os médicos precisam desesperadamente de uma estratégia abrangente de saúde pública para gerenciar o aumento previsto na demanda por tratamento. Isso será particularmente importante ao trabalhar com adolescentes (ABENES, 2021; MEHERALI *et al.*, 2021; MENTAL..., 2021). Muitos estão lidando com vários problemas, incluindo trauma, os efeitos do isolamento e uma sensação de segurança destruída. As condições únicas da Covid-19 podem ter criado um novo tipo de TEPT, enraizado no medo do que poderia acontecer, em vez do que aconteceu. Como resultado, a forma como TEPT é definido e diagnosticado no DSM-5 provavelmente precisará mudar (MEHERALI *et al.*, 2021; SLEAP *et al.*, 2021, MAYNE *et al.*, 2021).

Se quiséssemos representar espacialmente essa parte de insatisfação que remete ao suicídio, não a imaginaríamos como o trecho de uma estrada reta que ainda nos resta percorrer para chegar, enfim, à dor limite. Não, a insatisfação não é a parte não percorrida do trajeto do sofrimento até a dor psíquica absoluta. É de outra forma que lhes peço que a representem. Proponho que a imaginemos, antes, sob a forma de um buraco (NASIO, 2007). Um buraco situado pelas mais variadas formas do qual gravitariam os apelos, as marcas dos infortúnios. É importante salientar que o vazio futuro não está diante de nós, mas nas diversas mudanças oriundas de fatores ambientais, psíquicos, sociais e espirituais.

*O amor é saber que existe uma parte de nós
que deixou de nos pertencer.*

(Jorge Luiz Peixoto, do livro A criança em ruínas)

RASGOS SUB-REPTÍCIOS DA CAIXA

A enxaqueca é uma das causas mais frequentes de cefaleia primária, e 9% das crianças sofrem com essa doença. A maioria das crianças continuará a sofrer ataques de enxaqueca quando adultas, portanto é imperativo que tenhamos uma compreensão completa desse importante problema de saúde (LENGLART *et al.*, 2021). É triste dizer, mas, na "nação da enxaqueca", crianças e adolescentes muitas vezes são relegados ao status de cidadãos de segunda classe.

Durante anos, as conferências médicas envolvendo cefaleia dedicaram pouco tempo à enxaqueca pediátrica e adolescente, e a literatura médica também se concentrou, principalmente, na população adulta com enxaqueca. Estudos de pesquisa clínica destinados a avaliar novas terapias para enxaqueca normalmente excluem a população pediátrica e adolescente, e, não surpreendentemente, poucas das terapias disponíveis para prevenção de enxaqueca e tratamento de enxaqueca aguda têm aprovação do Food and Drug Administration (FDA)[1] para essa população (PEDIATRIC, 2021).

A enxaqueca é um distúrbio do sistema nervoso que afeta 7,7% das crianças e pode começar antes dos 3 anos de idade. À medida que envelhecem, a incidência de enxaqueca aumenta, e, entre os adolescentes, sua prevalência chega a 15%. A doença pode reduzir significativamente a atividade diária da criança e o desempenho escolar. O tratamento em crianças inclui quatro abordagens principais: 1) recomendações de estilo de vida; 2) tratamento da crise de enxaqueca; 3) tratamento não farmacológico e 4) farmacoterapia preventiva da enxaqueca (GOLOVACHEVA; GOLOVACHEVA; ANTONENK, 2021).

O número de experiências adversas na infância (ECAs) a que uma criança é exposta parece estar quase linearmente associado ao risco de enxaqueca, mas não à cefaleia tensional (CTT). O eixo adrenal, o sistema serotoninérgico e a instabilidade das redes

---

[1] Administração de Comidas e Remédios.

neurais hiperativadas podem estar subjacentes à fisiopatologia da enxaqueca e de suas comorbidades psiquiátricas (SZPERKA, 2021). Embora os sintomas de ansiedade e depressão pareçam ser comórbidos com enxaqueca em crianças, a doença clinicamente significativa não parece ser, embora a clareza desses dados seja limitada pela sobreposição entre a sintomatologia da enxaqueca e aquela avaliada por muitas ferramentas de triagem.

Distúrbios neurológicos funcionais como episódios não epilépticos psicogênicos (PNEE), e outros distúrbios funcionais do movimento não são comuns, mas podem ser comórbidos com enxaqueca nessa população e tendem a melhorar com o tratamento dela. O número de experiências adversas na infância (ACEs) a que uma criança é exposta parece estar quase linearmente associado ao risco de enxaqueca, mas não à CTT (ZIPLOW, 2021).

Jovens com enxaqueca que experimentam melhorias com terapia preventiva à base de pílulas (incluindo placebo) podem manter melhorias clinicamente significativas nos dias de dor de cabeça e incapacidade relacionada à enxaqueca (POWERS et al., 2021). Com relação a outras características de cefaleia em crianças menores *versus* adolescentes, descobrimos que, no grupo de CTT, as características da cefaleia não mudaram com a idade. No entanto, houve alguma diferença entre as faixas etárias nos pacientes com enxaqueca, em que as crianças mais novas apresentaram menos sintomas clássicos de enxaqueca do que seus pares mais velhos (embora ainda preenchendo os critérios do CID-10 adaptados para crianças).

Especificamente no grupo mais jovem, a dor de cabeça era mais bilateral e mais frequentemente tomava a forma de pressão em vez de latejante, e menos crianças mais novas tinham auras (GENIZI et al., 2021). Outro ponto que deve ser ressaltado é a necessidade de anamnese detalhada para os pacientes com migrânea crônica que foram encaminhados aos serviços de emergência. A aquisição de antecedentes psicológicos e neurológicos abrangentes de pacientes com enxaqueca crônica nos departamentos de emergência não apenas orientará as modalidades de tratamento eficazes, mas também evitará a exposição negativa à radiação e os efeitos econômicos de técnicas de imagem desnecessárias, como raios-x, ou raios-x de crânio, seios paranasais e tomografias computadorizadas (CANKAY; BESENEK, 2021).

Portanto, uma avaliação correta e precisa dos sintomas é de fundamental importância. Vale ressaltar que a maioria dos transtornos de enxaqueca é facilmente avaliável, por meio de histórias clínicas precisas e questionários específicos. Na faixa etária pediátrica, foi demonstrado que os relatos dos pais são consistentes com medidas objetivas, como actigrafia e polissonografia (ONOFRI *et al.*, 2021). Uma abordagem abrangente na avaliação e no manejo da enxaqueca, nessa faixa etária, abrange: a exclusão de causas secundárias de cefaleia; um diagnóstico preciso; a identificação e o gerenciamento adequado dos fatores de risco modificáveis e o início da terapia farmacológica apropriada para reduzir a incapacidade, melhorar a qualidade de vida relacionada à saúde, reduzir o risco de progressão e desenvolver estratégias adaptativas de enfrentamento da dor. Várias estratégias para o manejo da enxaqueca pediátrica intratável, incluindo o uso de medicamentos agudos, terapia ponte em ambulatório, terapias emergentes para terapia preventiva e uma terapia combinada gradual para o manejo da enxaqueca pediátrica intratável em emergência e hospitalização, são apresentadas com base em dados clínicos disponíveis, segurança/tolerabilidade, disponibilidade, custo-benefício e consenso de especialistas (ALQAHTANI; BARMHERZIG; LAGMAN-BARTOLOME, 2021).

Voltemos agora para o uso do paracetamol, em crianças e adolescentes, marcado com o selo da subitaneidade e do "previsível". O paracetamol tem o potencial de induzir hepatotoxicidade em doses supraterapêuticas. A falta de supervisão e monitoramento de rótulos de produtos pediátricos com acetaminofeno líquido aumenta o risco de toxicidade hepática em crianças. Os cuidadores geralmente confiam em diretrizes de prescrição ao administrar medicamentos (ALRUWAILI *et al.*, 2021). Nesse contexto, a lesão hepática e a subsequente insuficiência hepática, devido à overdose intencional e não intencional de paracetamol (APAP), afetam os pacientes há décadas e envolvem vias metabólicas fundamentais que ocorrem em microssomas dentro dos hepatócitos. A hepatotoxicidade do APAP continua sendo um problema global urgente (YOON *et al.*, 2016).

O paracetamol de venda livre (paracetamol, APAP) é atualmente recomendado como um tratamento seguro para dor e febre durante a gravidez. No entanto, estudos recentes sugerem uma possível associação entre o uso de paracetamol na gravidez e o neurodesenvolvimento da prole (BAUER et al., 2018). A implementação de uma concentração única para os produtos pediátricos de paracetamol líquido e as mudanças de embalagem foram associadas à diminuição dos erros de medicação relatados aos centros de controle de toxicidade. Os erros de medicação são particularmente problemáticos para crianças menores de 2 anos, para as quais não há instruções de dosagem específicas no rótulo (BRASS et al., 2018).

É importante destacar que a presença de febre faz com que a população procure mais os serviços de saúde, e o tempo entre o início da febre e a procura pelo atendimento é muito curto. Em diferentes regiões do mundo, onde o conhecimento e o manejo da febre têm sido investigados, algumas práticas têm sido desencorajadas, principalmente o fato de levar a criança a serviços de urgência e emergência sem que isso seja necessário (FERRERO, 2016). Crianças pequenas com febre devem ser tratadas primeiro com ibuprofeno, mas os riscos relativos (exceder inadvertidamente a dose máxima recomendada) e benefícios (2,5 horas extras sem febre) do uso de paracetamol mais ibuprofeno por 24 horas devem ser considerados. Contudo, se forem usados dois medicamentos, recomenda-se que todos os tempos de dosagem sejam cuidadosamente registrados para evitar exceder acidentalmente a dose máxima recomendada.

Pais e médicos devem estar cientes de que a febre é um sintoma de vida relativamente curta, mas pode ter implicações prognósticas mais sérias do que outras apresentações de sintomas comuns na infância (HAY et al., 2009). Vale ressaltar também que o uso de paracetamol pela mãe durante a gestação foi associado a um menor QI de desempenho em crianças de 5 anos. Porém, o tratamento com paracetamol da febre materna na gravidez mostrou uma aparente associação compensatória com os escores de QI da criança (LIEW et al., 2016).

Nesse contexto, o paracetamol é comumente usado para tratar febre e dor em mulheres grávidas, mas há preocupações crescentes de que isso possa causar Transtorno do Déficit de Atenção com Hiperatividade (TDAH) e transtorno do espectro autista (TEA) na prole (BUHER *et al.*, 2021). Alemany *et al.* (2021) indicaram que as crianças expostas ao paracetamol no pré-natal tinham 19% e 21% mais chances de ter condições do espectro do autismo (ASC) (OR = 1,19, IC 95% 1,07-1,33) e sintomas de TDAH (OR = 1,19, IC 95% 1,07-1,33), (OR = 1,21, IC 95% 1,07-1,36) em comparação com crianças não expostas. Meninos e meninas foram mais propensos a apresentar sintomas de ASC e TDAH após a exposição pré-natal, embora essas associações tenham sido um pouco mais fortes entre os meninos.

Mecanismos de estresse oxidativo podem explicar as associações entre a exposição perinatal ao paracetamol e o TDAH na infância. O acetaminofeno de cordão não metabolizado foi positivamente correlacionado com metionina (R = 0,33, p <0,001), serina (R = 0,30, p <0,001), glicina (R = 0,34, p <0,001) e glutamato (R = 0,16, p <0,001) Crianças com níveis de paracetamol no cordão >50º percentil parecem estar em risco aumentado de TDAH para cada aumento no nível de 8-hidroxidesoxiguanosina no cordão umbilical (ANAND *et al.*, 2021).

Biomarcadores do cordão umbilical de exposição fetal ao paracetamol foram associados a um risco significativamente aumentado de TDAH e ASC na infância de maneira dose-resposta (JI *et al.*, 2020). Com base nos achados atuais, as gestantes devem ser alertadas contra o uso indiscriminado de paracetamol. Esses resultados têm implicações substanciais para a saúde pública (BUHRER *et al.*, 2021). Assim, a exposição ao paracetamol na gravidez aumenta o risco de comportamentos semelhantes ao TDAH (THOMPSON *et al.*, 2014). Vale ressaltar que a exposição pós-natal ao paracetamol não foi associada a ASC ou sintomas de TDAH (ALEMANY *et al.*, 2021).

Teu corpo é um silêncio. Como uma aragem avanças devagar percorrendo um grande caminho. A tarde morre de repente num silêncio como uma aragem. Ficarás morto esquecido e mutilado sozinho?

(Jorge Luiz Peixoto, do livro *A criança em ruínas*)

FECHANDO A CAIXA

O surto de Covid-19 tem causado dor e sofrimento psicológico em crianças e adolescentes, principalmente por meio das novas variantes da doença (OKUYAMA *et al.*, 2021). Situações psicologicamente estressantes são os principais efeitos causados às populações sob influência da Covid-19, que podem contribuir para o desenvolvimento de sintomas de estresse pós-traumático, principalmente para crianças/adolescentes vulneráveis em desenvolvimento crítico, com prevalência, fatores de risco e gravidade variável (DEMARIA; VICARI, 2021).

Estudos recentes destacam que crianças e adolescentes são mais propensos a apresentar altos índices de depressão e ansiedade durante e após uma pandemia, prejudicando as interações familiares, escolares, culturais e sociais, com múltiplas e adversas consequências, a médio e longo prazo, na saúde mental (SAYED *et al.*, 2021; MEHERALI *et al.*, 2021).

Bussières *et al.* (2021) destacam que crianças com fatores de risco sociodemográficos ou de desenvolvimento preexistentes podem ser particularmente vulneráveis aos efeitos negativos da pandemia e medidas preventivas de saúde pública associadas. No geral, os estudos atuais observaram que o estresse parental, a coparentalidade, o bem-estar emocional e o ajuste de crianças e adolescentes foram impactos que atuaram desfavoravelmente na pandemia da Covid-19 (BENTENUTO *et al.*, 2021; JONES; MITRA; BHUIVAN, 2021). Esses achados destacam a carga psíquica e estressante enfrentada pelos cuidadores de crianças com deficiência e desenvolvimento psiquiátrico comprometido durante a emergência da Covid-19.

Assim, crianças e adolescentes com transtornos do neurodesenvolvimento (TDN) apresentam níveis mais elevados de sofrimento em comparação com crianças com desenvolvimento típico. Os níveis de angústia podem ser aumentados por restrições associadas à pandemia da Covid-19 (BURNETT *et al.*, 2021). O estudo de Raffagnato *et al.* (2021), envolvendo 56 pacientes (crianças e adolescentes), observou que pacientes com transtornos comportamentais apresentaram maior desconforto psicológico quando comparados a pacientes com transtornos internalizantes. As percepções dos pais sobre como a pandemia afetou sua saúde mental têm implicações para o bem-estar de pais e filhos, com associações mais fortes para famílias de baixa renda (KERR et al., 2021).

Embora a parentalidade seja essencial para o desenvolvimento positivo, o aumento do sofrimento parental tem interferido no bem-estar das crianças. Sesso et al. (2021) alertam que problemas de internalização em crianças com transtornos neuropsiquiátricos estavam entre os mais fortes preditores de estresse parental, durante o bloqueio pandêmico, mediando os efeitos indiretos de fatores relacionados à quarentena. As interações disfuncionais da criança são geralmente mediadas por problemas de internalização das crianças, enquanto o efeito da qualidade do relacionamento entre pares e crianças é mediado pelos problemas de internalização/externalização da criança (LI; ZHOU, 2021; BATE; PHAM; BORELLI, 2021).

Dessa forma, o monitoramento contínuo da saúde mental de grupos de alto risco e vários sistemas de apoio precisam ser expandidos para abranger pais que lutam para cuidar de seus filhos (KIM et al., 2021). Também é importante destacar que a prevalência de ansiedade entre adolescentes geralmente varia entre 19% e 64%, e a depressão entre 22,3% e 43,7%. Entre crianças de 5 a 12 anos, a prevalência de ansiedade varia de 19% a 78%, enquanto a depressão entre adolescentes varia de 6,3% a 22,6% (MINOZZI et al., 2021). Entre crianças em idade pré-escolar, alguns estudos descobriram que os problemas comportamentais e emocionais pioraram durante a pandemia (BACKER et al., 2021). Concordando com Meherali et al. (2021), à medida que a pandemia avança, é primordial monitorar o impacto no estado de saúde mental de crianças e adolescentes e pensar como ajudá-los a melhorar seus resultados de saúde mental — hoje e durante as próximas pandemias.

Está claro que crianças e adolescentes pobres e negros e moradores de rua que vivem em favelas, especialmente adolescentes mais velhos, precisam de apoio urgente em saúde mental. Crianças e adolescentes são mais propensos a ter altas taxas de depressão e ansiedade durante e após uma pandemia. As restrições físicas da pandemia da Covid-19 e as medidas de distanciamento social afetaram todos os domínios da vida. Embora o número de crianças e adolescentes afetados pela doença seja considerável, a doença e as medidas de contenção, como distanciamento social, fechamento de escolas e isolamento, afetaram negativamente a saúde mental e o bem-estar de crianças e adolescentes.

Ansiedade, depressão, distúrbios do sono e apetite, bem como prejuízo nas interações sociais, são as apresentações mais comuns (MEHERALI et al., 2021; KIM et al., 2021). Globalmente, adolescentes de origens variadas experimentam taxas mais altas de ansiedade, depressão e estresse devido à pandemia. Em segundo lugar, os adolescentes também têm uma maior frequência de uso de álcool e maconha durante a pandemia da Covid-19. No entanto, apoio social, habilidades de enfrentamento positivas, quarentena em casa e discussões entre pais e filhos parecem afetar de maneira positiva a saúde mental do adolescente durante esse período de crise (JONES; MITRA; BHUIYAN, 2021).

Em geral, o estado de saúde mental de crianças e adolescentes em idade escolar, durante essa crise de saúde pública, e os fatores de risco, associados ao sofrimento psíquico durante a pandemia, são relativamente altos. A frequência do uso da máscara e o tempo gasto em trabalhos escolares foram fatores associados à saúde mental (QIN et al., 2021). A prevalência de depressão variou de 13,5% a 81%. A análise por idade indicou que a prevalência de depressão é maior em crianças de 5 a 9 anos e adolescentes de 12 a 18 anos. A análise por sexo mostrou que a prevalência de depressão no sexo feminino foi maior do que no sexo masculino.

A prevalência de ansiedade entre crianças e adolescentes foi de 45,6%. A prevalência de sintomas de estresse pós-traumático é estatisticamente maior em crianças e adolescentes vulneráveis e/ou em risco social. A prevalência dos distúrbios do sono varia de acordo com o estressor envolvido nos vínculos familiares e a forma como enfrentam a Covid-19, bem como a situação econômica e os sistemas de saúde, que variam muito entre os países (LU et al., 2021). A ansiedade dos pais tem a maior influência nos sintomas psicológicos de uma criança, explicando cerca de 33% da variação nos sintomas gerais de uma criança (MA *et al.*, 2021; SPENCER *et al.*, 2021).

Os sintomas de saúde mental correlacionaram-se significativamente com vários riscos sociais, incluindo pobreza, fome, insegurança habitacional, violência doméstica e abuso sexual. Barros *et al.* (2022) observaram que os adolescentes brasileiros frequentemente se sentiam tristes (32,4%) e nervosos (48,7%). A maior prevalência desses sentimentos foi relacionada a: ser do sexo feminino; ter idade entre 15 e 17 anos; pertencer a famílias com dificuldades financeiras; ter aprendido pouco ou nada com a educação a distância; ter amigos perdidos; ter poucos amigos; ter desavenças familiares; ter saúde regular/ruim antes da pandemia e piorar a saúde e o sono durante a pandemia.

Em estudo desenvolvido por Han e Song (2021), na Coreia do Sul, observou-se que a baixa condição econômica subjetiva da família se relaciona significativamente com maior prevalência de sintomas depressivos e ideação suicida. Entre os adolescentes que perceberam a situação econômica familiar como baixa, a prevalência de sintomas depressivos e ideação suicida foi de 42,8% e 24,2%, respectivamente. Entre os adolescentes que perceberam que sua situação econômica familiar era pior do que antes da Covid-19, a prevalência de sintomas depressivos e ideação suicida foi de 37,6% e 19,2%, respectivamente.

A maioria dos estudos aponta mudanças predominantemente negativas, devido ao estado de quarentena, em crianças e adolescentes, incluindo restrições à vida social e à liberdade pessoal, além do contato excessivo com familiares durante o isolamento domiciliar. No que diz respeito às suas emoções, os adolescentes reconhecem a ansiedade por automutilação e danos aos seus entes queridos, bem como as alterações de humor e ansiedade da família (GIANNAKOPOULOS *et al.*, 2021; OKUYAMA *et al.*, 2021; DEMARIA; VICARI, 2021). Entre os estudos, 14 examinaram o impacto psiquiátrico em crianças e adolescentes em tempos de Covid-19 (DEMARIA; VICARI, 2021; SAYED *et al.*, 2021; BENTENUTO *et al.*, 2021; BURNETT *et al.*, 2021; MINOZZI *et al.*, 2021; BACKER *et al.*, 2021; QIN *et al.*, 2021; LU *et al.*, 2021; MA *et al.*, 2021; BARROS *et al.*, 2021; HAN; SONG, 2021; GIANNA-

KOPOULOS *et al.*, 2021; JONES; MITRA; BHUIYAN, 2021; ALMHIZAI *et al.*, 2021). A pesquisa de Demaria e Vicari (2021) mostrou que a quarentena é uma experiência psicologicamente estressante.

Para as crianças, faltar à escola e interromper a rotina diária pode ter um impacto negativo na sua saúde física e mental. Nessa perspectiva, as pesquisas apontaram que os pais também podem repassar seu sofrimento psicológico para os filhos e praticar uma parentalidade inadequada, contribuindo para o desenvolvimento de sintomas de estresse pós-traumático. Para Sayed *et al.* (2021), a quarentena pode criar problemas psicológicos intensos, incluindo TEPT, especialmente para crianças/adolescentes vulneráveis em desenvolvimento crítico.

Bentenuto *et al.* (2021) demonstraram um aumento significativo no estresse parental e comportamentos externalizantes da criança, mas não na coparentalidade. O estresse parental é previsto por comportamentos externalizantes, e a coparentalidade atua como moderadora na relação entre a mudança no tempo gasto com os filhos, antes e durante o confinamento, e o estresse parental. Burnett *et al.* (2021) observaram que pais de crianças com NDD relatam níveis mais altos de angústia em comparação com crianças com desenvolvimento típico. Os níveis de estresse podem ser aumentados pelas restrições associadas à pandemia da Covid-19.

Minozzi *et al.* (2021) destacam a prevalência de ansiedade entre adolescentes, variando entre 19% e 64%, e depressão, entre 22,3% e 43,7%. Entre as crianças de 5 a 12 anos, a prevalência de ansiedade variou entre 19% e 78%, enquanto a depressão ficou entre 6,3% e 22,6%. Entre os pré-escolares, encontraram agravamento de problemas comportamentais e emocionais; encontraram também uma piora significativa do bem-estar psicológico, especialmente entre os adolescentes.

Backer *et al.* (2021) demonstraram que a redução do número de contatos associados a medidas rígidas de distanciamento físico colaborou para a inserção da dor e do sofrimento psíquico em crianças e adolescentes. Em comparação com os alunos do ensino fundamental, os alunos do ensino médio apresentaram maior risco de sofrimento psicológico (OR, 1,19 [IC 95%, 1,15-1,23]).

Em comparação com os alunos que usavam uma máscara com frequência, os alunos que nunca usavam uma máscara tinham um risco aumentado de sofrimento psicológico (OR, 2,59 [IC 95%, 2,41-2,79]). Além disso, os alunos que passaram menos de meia hora se exercitando eram mais propensos a ter sofrimento psicológico autorrelatado em comparação com os alunos que passaram mais de 1 hora se exercitando (OR, 1,64 [IC 95%, 1,61-1,67]) (QIN et al., 2021).

Entre os estudos analisados, 23 (21 estudos transversais e dois estudos longitudinais) de dois países (China e Turquia), com 57.927 crianças e adolescentes, foram identificados na análise de Ma et al. (2021). Depressão, ansiedade, distúrbios do sono e sintomas de estresse pós-traumático foram avaliados. A meta-análise dos resultados desses estudos mostrou que a prevalência combinada de depressão, ansiedade, distúrbios do sono e sintomas de estresse pós-traumático foi de 29% (IC 95%: 17%, 40%), 26% (IC 95%: 16%, 35%), 44% (IC 95%: 21%, 68%) e 48% (IC 95%: -0,25, 1,21), respectivamente. A meta-análise de subgrupo revelou que adolescentes e mulheres apresentaram maior prevalência de depressão e ansiedade em comparação com crianças e homens, respectivamente.

Barros et al. (2021) pontuam que os adolescentes brasileiros frequentemente se sentiam tristes (32,4%) e nervosos (48,7%). A maior prevalência desses sentimentos foi relacionada a: ser do sexo feminino; ter idade entre 15-17 anos; pertencer a famílias com dificuldades financeiras; ter aprendido pouco ou nada com a educação a distância; ter amigos perdidos; ter poucos amigos; ter desavenças familiares; ter saúde regular/ruim antes da pandemia e piorar a saúde e o sono durante a pandemia. Maior prevalência de "nervosismo" também foi encontrada em adolescentes que trabalhavam antes da pandemia e que relataram falta de concentração e não saber se tinham Covid-19. No estudo de Han e Song (2021), os participantes que perceberam que o status econômico da família havia diminuído por causa da Covid-19 eram mais propensos a ter depressão e ideação suicida. Em relação às suas emoções, os adolescentes reconheceram a ansiedade em relação à automutilação e danos aos seus entes queridos, bem como alterações de humor no núcleo familiar (GIANNAKOPOULOS et al., 2021).

Globalmente, adolescentes de origens variadas experimentam taxas mais altas de ansiedade, depressão e estresse devido à pandemia. Em segundo lugar, os adolescentes também têm uma maior frequência de uso de álcool e maconha durante a pandemia da Covid-19 (JONES; MITRA; BHUIYAN, 2021). Os resultados do estudo de Almhizai *et al.* (2021) mostraram que a idade mais avançada das crianças foi associada a um menor aumento de preocupação, inquietação e maior aumento de tristeza. A idade avançada foi associada também a um maior aumento na frequência de acordar, pouco sono, mal-estar e nervosismo.

Ter parentes infectados com Covid-19 foi relacionado a maiores aumentos na maioria dos comportamentos negativos, como ansiedade, tristeza, sono ruim, indecisão e irritabilidade. Ameaças de punição, gritos e pancadas foram associadas a um aumento maior no comportamento negativo, durante a pandemia, em comparação com o período anterior. Foram relatadas, em 11 estudos, as possibilidades de intervenções utilizadas em crianças e adolescentes para melhorar a saúde mental (OKUYAMA *et al.*, 2021; MEHERALI *et al.*, 2021; BUSSIERES *et al.*, 2021; RAFFAGNATO *et al.*, 2021; KERR *et al.*, 2021; SESSO *et al.*, 2021; LI; ZHOU, 2021; BATE; PHAM; BORRELI, 2021; SPENCER *et al.*, 2021; MAUNULA *et al.*, 2021; KIM *et al.*, 2021).

A atividade física foi correlacionada com a saúde psicológica e com a melhora do estado psicológico e foi recomendada para um melhor suporte na saúde psicológica de crianças e adolescentes sob influência da Covid-19 (OKUYAMA *et al.*, 2021). Bussières *et al.* (2021) revelaram que ter um transtorno do neurodesenvolvimento ou condição crônica de saúde não colocou essas crianças em maior risco de desenvolver sintomas de saúde mental com as medidas de bloqueio pandêmico da Covid-19. Raffagnato *et al.* (2021) destacam que os pacientes, principalmente aqueles com transtornos internalizantes, geralmente demonstraram uma boa adaptação ao contexto pandêmico.

Além disso, pacientes com transtornos comportamentais experimentaram maior sofrimento psicológico em comparação com pacientes com transtornos internalizantes. Ao longo do tempo, os pacientes apresentaram melhora no lado emocional, evidenciada por uma diminuição significativa nos problemas de estresse internalizante e pós-traumático.

As percepções dos pais sobre como a pandemia da Covid-19 afetou sua saúde mental têm implicações para o bem-estar de pais e filhos, com associações mais fortes para famílias de baixa renda. Dado o potencial de efeitos colaterais entre pais e filhos, é crucial promover o bem-estar da família, por meio de práticas e iniciativas políticas, incluindo assistência financeira, cuidados aos pais e apoio à saúde mental e comportamental das famílias (KERR et al., 2021).

Embora a paternidade seja essencial para o desenvolvimento positivo, o aumento do sofrimento parental tem interferido no bem-estar das crianças. Problemas de internalização em crianças com transtornos neuropsiquiátricos estiveram entre os mais fortes preditores de estresse parental durante o *lockdown*, mediando os efeitos indiretos de fatores relacionados à quarentena, sugerindo assim a importância de sua detecção, durante e após situações de emergência, para prestação de assistência e redução da pressão parental. É importante atentar ao papel da socialização com os pares como fator de proteção contra o estresse parental (SESSO et al., 2021).

Dados de Li e Zhou (2021) sugerem que pais de crianças e adolescentes do ensino fundamental deveriam evitar demonstrar preocupação excessiva na frente de seus filhos para ajudar a reduzir os problemas de internalização e externalização de seus filhos. Uma educação eficaz para desastres baseada na família pode mitigar o sofrimento emocional e os problemas comportamentais das crianças do ensino fundamental, cujo efeito pode ser maximizado se os pais puderem evitar ficar excessivamente preocupados. Além de focar o manejo dos sintomas, as famílias podem se beneficiar de apoio voltado para a relação pais-filhos. São discutidas percepções e implicações para os profissionais (BATE; PHAM; BORRELI, 2021).

A pandemia da Covid-19, portanto, levou a um aumento dramático nos problemas de depressão/ansiedade e riscos sociais entre crianças em idade escolar urbanas, raciais e de minorias étnicas em comparação com períodos anteriores. Mais pesquisas são necessárias para entender se essas mudanças persistirão (SPENCER et al., 2021). Ao promover a resiliência, por meio de estratégias baseadas na escola e na comunidade, as crianças em idade escolar podem se beneficiar ao lidar com pandemias ou desastres naturais e prosperar, apesar das circunstâncias desafiadoras da vida (MAUNULA *et al.*, 2021).

Para Kim *et al.* (2021), durante o fechamento das escolas, muitos pais e filhos tiveram diversas dificuldades relacionadas à saúde mental. O monitoramento contínuo da saúde mental de grupos de alto risco e vários sistemas de apoio precisam ser expandidos para cobrir os pais que têm dificuldade em cuidar de seus filhos. A atividade física foi um dos fatores que poderiam ajudar a reduzir os problemas de saúde mental entre crianças e adolescentes japoneses afetados por restrições escolares devido à pandemia da Covid-19. Assim, as partes interessadas na saúde mental de crianças e adolescentes, em todo o mundo, devem recomendar a atividade física porque é uma forma viável e útil de apoio psicológico de longo prazo (OKUYAMA *et al.*, 2021).

É importante destacar que crianças e adolescentes em extrema pobreza relataram uma ampla gama de pensamentos negativos relacionados à pandemia (por exemplo, abandono, desamparo, tristeza, angústia, ansiedade e sentimentos de pânico). Os pensamentos e sentimentos de tais adolescentes podem ser desencadeados pela ameaça de dano à sobrevivência da vida cotidiana. Além disso, esses pensamentos e essas emoções negativas e problemas de saúde mental preexistentes podem influenciar uns aos outros (MEHERALI *et al.*, 2021; BUSSIÈRES *et al.*, 2021).

Populações especiais, especialmente adolescentes lésbicas, gays, bissexuais, transgêneros e *queer* (LGBTQIA+), têm taxas mais altas de dor e sofrimento psicológico, que levam a ansiedade, depressão, compulsão e TEPT (JONES; MITRA; BHUIYAN, 2021). Nesse contexto, o estresse parental é um preditor de problemas psiquiátricos que, se não resolvidos, podem causar maus-tratos à criança e maior sofrimento psíquico (ALMHIZAI *et al.*, 2021).

O medo, a ansiedade, o pânico, a depressão, os distúrbios do sono e do apetite, bem como o prejuízo nas interações sociais causados pelo estresse psíquico, são marcadores pontuais de dor e sofrimento psíquico, que têm impactos crescentes no panorama da saúde mental de crianças e adolescentes. Uma melhor compreensão das possíveis vias psicológicas mediadoras é necessária para ajudar médicos, pesquisadores e tomadores de decisão a prevenir a deterioração de transtornos mentais e de funcionamento geral, bem como outros transtornos relacionados ao estresse em crianças e adolescentes (MEHERALI *et al.*, 2021; KIM *et al.*, 201; BENTENUTO *et al.*, 2021; DEMARIA; VICARI, 2021; JONES; MITRA; BHUIYAN, 2021).

Concordando com Giannakopoulos *et al.* (2021) e Barros *et al.* (2022), apesar das circunstâncias extremamente desafiadoras, os profissionais devem continuar a prestar cuidados de saúde mental padrão e emergencial para mitigar eventuais consequências negativas para crianças e adolescentes, adotando uma orientação mais individualizada e aproveitando ao máximo os dispositivos tecnológicos da era digital. É necessário enfatizar a necessidade de construir resiliência e promover estratégias de enfrentamento positivas para ajudar as crianças em idade escolar a prosperar em caso de futuras crises de saúde ou desastres naturais (MAUNULA *et al.*, 2021).

Ainda que tu estejas aí e eu esteja aqui estaremos sempre no mesmo sítio se fecharmos os olhos...

(Jorge Luiz Peixoto, do livro A criança em ruínas)

A CAIXA NÃO FECHA...

A vulnerabilidade socioambiental, marcada por desafios, como a restrição do exercício dos direitos civis e políticos, a exclusão da participação social, o acesso reduzido aos serviços, a falta de oportunidades educacionais e a exclusão da geração de renda, condiciona determinados grupos de alto risco ao desenvolvimento transtornos de saúde mental (ORGANIZAÇÃO MUNDIAL DA SAÚDE, 2021). Os ecos dessas fragilidades podem ser expressos em domínios de experiências adversas na infância (ACEs), que podem ser compreendidas nas dimensões individual, familiar, comunitária ou sistemática (STRUCK *et al.*, 2021) e estabelecem uma estreita relação com a precariedade de saúde mental de crianças e adolescentes — especialmente aqueles em ambientes com recursos escassos, com implicações de longo prazo, como sintomas depressivos e perpetuação da violência.

Portanto, compreender as adversidades na infância mostra-se um instrumento necessário para preencher lacunas na compreensão dos fatores que predispõem os menores a riscos, sobretudo em países de baixa e média renda (LMICS), uma vez que faltam pesquisas voltadas para esse público (BLUM; MENGMENG; NARANJO-RIVERA, 2019). Assim sendo, a fragilidade financeira interfamiliar representa um fator de risco para problemas de saúde mental na infância e adolescência, principalmente nos países em desenvolvimento.

A negligência da responsabilidade parental, a perda de renda e o desemprego sujeitam crianças e jovens em Gana, África Subsaariana, a trabalhar para sustentar suas famílias, o que culmina em transtornos depressivos e tendências suicidas (ADDY *et al.*, 2021). O contexto pandêmico pode acentuar esse colapso. A situação de emprego enfraquecida nesses países, durante o período da pandemia da Covid-19, estava ligada à dinâmica dos conflitos familiares entre pais e filhos (WANG *et al.*, 2021).

Ainda não é possível estimar, evidentemente, resultados relativos à saúde mental infantil no contexto da pandemia (SHAH *et al.*, 2020). No entanto, não podemos deixar de vislumbrar a possibilidade de um cenário obscuro, devido a diversas questões e conflitos nos lares. Concomitantemente às dificuldades financeiras apresentadas por grande parte da população de países pobres, o trabalho infantil apresenta outra face preditora de transtornos psiquiátricos: a frequência de maus-tratos. Observou-se, em estudo realizado com adolescentes indígenas, que inúmeros episódios de maus-tratos físicos, verbais e emocionais, inter ou extrafamiliares, são intrínsecos à dinâmica de trabalho das crianças, cujas ocorrências influenciam diretamente o desenvolvimento, em longo prazo, de problemas, como fobias específicas, conduta e principalmente transtornos de ansiedade (PANDEY et al., 2020). Nesse sentido, o quadro geral da saúde mental de crianças e adolescentes em países pobres tende a piorar, pois o advento da pandemia, causada pelo vírus SARS-CoV-2, colocará cerca de 8,9 milhões de crianças em trabalho forçado até o final de 2022 (CHILD..., 2021).

A insegurança alimentar, portanto, parece ser um obstáculo relevante em populações economicamente desfavorecidas. Essa adversidade é um marcador de risco para o desenvolvimento de problemas psicossociais e atrasos cognitivos em crianças, como resposta ao sofrimento da fome e da falta de nutrientes essenciais. Além disso, a má nutrição afeta os padrões de saúde futuros, o que aumenta o risco de desenvolvimento de problemas internalizantes e externalizantes e, consequentemente, aumenta o risco de abandono escolar, estresse parental, desemprego adulto e uso indiscriminado de substâncias (AURINO; SHARON; TSINIGO, 2021).

Globalmente, o ano de 2020 foi um marco negativo nessa questão: um terço da população global — aproximadamente 2,37 bilhões de pessoas — vivia em condições precárias de alimentação, dos quais 928 milhões enfrentavam grave insegurança alimentar (THE STATE..., 2021). O vínculo afetivo entre pais e filhos é fundamental para o bem-estar psicológico das crianças, podendo ser influenciado pela vulnerabilidade financeira de muitas famílias em países com economias menos favorecidas.

Na Guatemala, a exposição à violência resultou em maiores taxas de depressão e ansiedade e menor qualidade de vida nos serviços de saúde, com maior incidência em crianças de baixo nível socioeconômico nessa região (COMPANY-CÓRDOBA *et al.*, 2020). A distância entre os familiares também era um risco, a irregularidade das refeições fragilizava o vínculo entre pais e filhos. Com esse fato, a insegurança alimentar revela um lado antes despercebido, a falta de convivência na rotina das refeições nesses lares (AGATHÃO *et al.*, 2021).

A instabilidade vivenciada pela migração em busca de oportunidades em países periféricos foi tratada como um agravante. Sua prevalência é notada em jovens que sofrem deslocamento interno em seu país de origem, seja por conflitos ou questões humanitárias. Esse fato mostra que os transtornos de ansiedade são consequências marcantes e profundas na vida dos jovens que vivem em países de baixa renda, principalmente com problemas relacionados à imigração, como os países da África Subsaariana, que estão diretamente relacionados ao sofrimento psíquico (DJATCHE *et al.*, 2022).

Como parte desse cenário, os refugiados vivenciam um risco aumentado de transtornos psiquiátricos, especialmente crianças e jovens que são expostos à pressão de fugir de suas casas durante uma fase sensível do desenvolvimento, separando-se de suas culturas, sua comunidade e, em alguns casos, do acolhimento familiar, vivenciando muitas vezes um vazio no sentimento de pertencimento e nos seus laços sociais (FROUNFELKER *et al.*, 2020).

A escassez de recursos humanos e financeiros dedicados à implementação de políticas e planos voltados à saúde mental também é notória, sobretudo em países de baixa e média renda. Essa realidade pode ser observada a partir de dados comparativos, como o número de profissionais de saúde mental, que representa dois trabalhadores, nos países pobres, por cem mil habitantes — enquanto nos países de alta renda o número pode chegar a mais de 60 mil. Outro dado diz respeito ao número de unidades de saúde comunitárias, cuja variação é extrema: em países de baixa renda, a média é de 0,11 instalações por cem mil habitantes, já em países de alta renda, esse número é de 5,1 por cem mil habitantes (ORGANIZAÇÃO MUNDIAL DA SAÚDE – OMS, 2021).

Assim, é importante ressaltar que, embora seja evidente que crianças e adolescentes são mais vulneráveis aos danos decorrentes do sofrimento psíquico, que podem induzir impactos de longo prazo no desenvolvimento, ainda faltam estratégias para mitigar a deterioração da saúde mental, principalmente em países de baixa renda, em que devem ser abordados em um aspecto multifacetado, uma vez que os fatores envolvidos têm maior impacto, como fome e instabilidade habitacional, em comparação aos países ricos. É notória a urgência de oferecer não só apoio psicológico de qualidade, mas também afeto familiar e redução da vulnerabilidade social para minimizar os dados (MALOLOS *et al.*, 2021).

Assim sendo, essas crianças e esses adolescentes são, em diversas situações, inseridos em promessas e/ou pautas políticas, em que são absurdamente usados em nome de uma felicidade clandestina, ora imaginária, ora simbólica, resultado de uma realidade de total desgraça absoluta. Em suma, são captados em nome de um amor ou ao ódio, que, além de humilhá-los, desestabiliza-os no desenvolvimento de sua identidade social, provoca sentimentos de onipotência que perpassam, enfraquecem e arruínam o seu bem- estar físico e psíquico. Mas por que não se fazer algo?

Parafraseando Nasio (2019, 2014, 2003), não somos nem oniscientes, nem infalíveis! Nosso conhecimento atual da vida psíquica continua bastante incompleto. Ignoramos os processos geradores da doença mental e, *a fortiori*, o mecanismo de ação das fragilidades e vulnerabilidades que lhe são impostas. Esse limite ao nosso conhecimento nos torna desesperadamente impotentes diante das situações extremas. A ideia de que o ódio, as guerras e a destruição em geral podem desaparecer é pura utopia. Naturalmente, devemos lutar contra a violência, mas não devemos esquecer que as forças destruidoras são tão inerentes à natureza humana que permanecem enraizadas profundamente. Para melhor enfrentar a violência, é essencial combatê-la, sempre tendo no espírito que ela não se deixará eliminar. A violência, assim como a erva daninha, sempre renasce. Não duvide, por trás do mais nobre dos amores, espreita o ódio mais soturno.

É justamente essas crianças e esses adolescentes em sofrimento, impotentes, quase sem palavras, anônimas e à margem da sociedade, odiadas e enclausuradas em promessas vãs, que temos que representar. Devemos esclarecer que todas as palavras aqui refletidas poderão nos tornar a par de acontecimentos dilacerantes em cada localidade onde este livro transitar. Não nos tornemos indiferentes!

REFERÊNCIAS

"WHEN am I going to start to live?" – The urgent need to repatriate foreign children trapped in Al hol and roj camps. *Save the Children*, [S.l.], 2021. Disponível em: https://resourcecentre.savethechildren.net/pdf/when_am_i_going_to_start_to_live_final_0.pdf/. Acesso em: 28 jul. 2022.

A CHILD was infected with HIV every two minutes in 2020. *Unicef*, [S.l.], 2021. Disponível em: https://www.unicef.org/press-releases/child-was-infected-hiv-every-two-minutes-2020-unicef. Acesso em: 8 ago. 2022.

A DECADE of loss: Syria's youth after ten years of crisis. *ICRC*, [S.l.], 2021. Disponível em: https://www.icrc.org/sites/default/files/wysiwyg/Worldwide/Middle-East/syria/icrc-syria-a-decade-of-loss_en.pdf. Acesso em: 22 jun. 2022.

A UNESCO reúne organizações internacionais, sociedade civil e parceiros do setor privado em uma ampla coalizão para garantir a #AprendizagemNuncaPara. *Unesco*, [S.l.], 2020. Disponível em: https://pt.unesco.org/news/unesco-reune-organizacoes-internacionais-sociedade-civil-e-parceiros-do-setorprivado-em-uma. Acesso em: 8 ago. 2022.

ABDULAZIZ, M. E. *et al*. Malnutrition in Yemen: An invisible crisis. *Lancet*, London, v. 389, n. 16, p. 31-32, 2017.

ABENES, M. Teens in America: How the COVID-19 Pandemic is Shaping the Next Generation. *Psychiatry Times*, [S.l.], 2021. Disponível em: https://www.psychiatrictimes.com/view/teens-in-america-how-the-covid-19-pandemic-is-shaping-the-next-generation. Acesso em: 22 jul. 2022.

ACNUR – Alto Comissariado das Nações Unidas para Refugiados. Manual de procedimentos e critérios para a determinação da condição de refugiado: de acordo com a Convenção de 1951 e o Protocolo de 1967 relativos ao Estatuto dos Refugiados. 3. ed. 2017. Disponível em: <http://www.acnur.org/t3/fileadmin/Documentos/portugues/Publicacoes/2013/Manual_de_procedimentos_e_criterios_para_a_determinacao_da_condicao_de_refugiado.pdf?view=1>. Acesso em: 08 mar. 2017

ACUTE malnutrition threatens half of children under five in Yemen in 2021. *World Food Programme*, [S.l.], 2021. Disponível em: https://www.wfp.org/news/acutemalnutrition-threatens-half-children-under-five--yemen-2021-un. Acesso em: 20 ago. 2022.

ADDY, N. D. *et al.* Mental health difficulties, coping mechanisms and support systems among school-going adolescents in Ghana: a mixed--methods study, *PLoS One*, [S.l.], v. 16, n. 4, p. e0250424, 2021.

ADOLESCENT mental health. *WHO*, [S.l.], 2021. Disponível em: https://www.who.int/news-room/fact-sheets/detail/adolescent-mental-health. Acesso em: 20 ago. 2022.

AGATHÃO, B. T. *et al.* The role of family meal frequency in common mental disorders in children and adolescents over eight months of follow-up. *PLoS One*, [S.l.], v. 16, n. 2, p. e0243793, 2021.

AGER, A. *et al.* Child protection assessment in humanitarian emergencies: case studies from Georgia, Gaza, Haiti and Yemen. *Child Abuse & Neglect*, [S.l.], v. 35, n. 12, p. 1045–1052, 2011.

ALEGRETTI, L. Vacina contra covid para crianças: 6 fatos a favor. *BBC News Brasil*, [S.l.], 2021. Disponível em: https://www.bbc.com/ portuguese/geral-59757768. Acesso em: 17 mar. 2002.

ALEMANY, S. *et al.* Prenatal and postnatal exposure to acetaminophen in relation to autism spectrum and attention-deficit and hyperactivity symptoms in childhood: Meta-analysis in six European population-based cohorts. *Eur J Epidemiol*, [S.l.], v. 36, n. 10, p. 993-1004, 2021.

ALESSI, E. J.; KAHN, S.; CHATTERJI, S. The darkest times of my life': Recollections of child abuse among forced migrants persecuted because of their sexual orientation and gender identity. *Child Abuse & Neglect*, [S.l.], v. 51, n. 93, p. 105, 2016.

ALFIERI, N. L. *et al.* Parental COVID-19 vaccine hesitancy for children: vulnerability in an urban hotspot. *BMC Public Health*, [S.l.], v. 21, n. 1662, 2021.

ALMEIDA, P. Covid-19 matou quatro crianças e adolescentes por dia no Brasil. *CNN Brasil*, [S.l.], 2021. Disponível em: https:// www.cnnbrasil.

com.br/saude/covid-19-matou-quatro-criancas-e-adolescentes-por-dia-no-brasil/. Acesso em: 22 maio 2022.

ALMHIZAI, R. *et al*. Impact of COVID-19 on Children's and Adolescent's Mental Health in Saudi Arabia.*Cureus*, [S.l.], v. 13, n. 11, p. e19786, 2021.

ALQAHTANI, M.; BARMHERZIG, R.; LAGMAN-BARTOLOME, A. M. Approach to Pediatric Intractable Migraine. *Curr Neurol Neurosci Rep.*, [S.l.], v. 4, n. 21, p. 38, 2021.

ALRUWAILI, N. et al. Urgent need to standardize labelling of acetaminophen-pediatric liquid drug products in Saudi Arabia. *International Journal of Pediatrics and Adolescent Medicine*, [S.l.], v. 9, n. 1, p. 62–65, 2021.

AL-SADEEQ, A. H.; BUKAIR, A. Z.; AL-SAQLADI, A. M. Assessment of undernutrition using composite index of anthropometric failure among children aged < 5 years in rural Yemen. *East Mediterr Health J*, [S.l.], v. 24, n. 12, p. 1119–1126, 2019.

ALVES, C. Menina estuprada é obrigada a levar gravidez até o final, em processo conduzido por 3 mulheres em Santa Catarina. *GGN*, [S.l.], 2022. Disponível em: https://jornalggn.com.br/noticia/menina-estuprada-e-obrigada-a-levar-gravidez-ate-o-final-em-processo-conduzido-por-3-mulheres-em-santa-catarina/. Acesso em: 18 jun. 2022.

ALYAHRI, A.; GOODMAN, R. Harsh corporal punishment of Yemeni children: Occurrence, type and associations. *Child Abuse & Neglect*, [S.l.], v. 32, n. 8, p. 76673, 2008.

AL-ZANGABILA, K. *et al*. Alarmingly high malnutrition in childhood and its associated factors: A study among children under 5 in Yemen. *Medicine*, [S.l.], v. 100, n. 5, p. 1-7, 2021.

AMARAL, A. C. Crise climática eleva migração forçada, desnutrição e doenças, diz ONU. *Folha de São Paulo*, [S.l.], 2022. Disponível em: https://www1.folha.uol.com.br/ambiente/2022/02/crise-climatica-eleva-migracao-forcada-desnutricao-e-doencas-diz-onu.shtml. Acesso em: 17 jun. 2022.

AMERICAN ACADEMY OF PEDIATRICS. *Child Abuse and Neglect:* What ParentsShould Know. 2022 [Online]. Disponível em: https://www.

healthychildren.org/English/safety-prevention/at-home/Pages/What-to-Know-about-Child-Abuse.aspx. Acesso em: 17 jun. 2022.

AMSALEM, D.; DIXON, L. B.; NERIA, Y. The coronavirus disease 2019 (COVID-19) outbreak and mental health. Current risks and recommended actions. *JAMA Psychiatry*, [S.l.], v. 78, n. 1, p. 9-10, 2021.

ANAND, N. S. *et al*. Perinatal Acetaminophen Exposure and Childhood Attention-Deficit/Hyperactivity Disorder (ADHD): Exploring the Role of Umbilical Cord Plasma Metabolites in Oxidative Stress Pathways. *Brain Sci*, [S.l.], v. 11, n. 10, p. 1302, 2021.

ANSEDE, M. Nova variante do coronavírus detectada na África do sul acumula mais de 30 mutações. *El Pais*, [S.l.], 2021. Disponível em: https://brasil.elpais.com/ciencia/2021-11-26/nova-variante-do-coronavirusdetectada-na-africa-do-sul-acumula-mais-de-30-mutacoes.html. Acesso em: 11 jun. 2022.

ANVISA aprova vacina da Pfizer contra Covid para crianças de 5 a 11 anos. *Ministério da Saúde*, [S.l.], 2021. Disponível em: https://www.gov.br/anvisa/pt-br/assuntos/ noticias-anvisa/2021/anvisa-aprova--vacina-da-pfizer-contra-covid-para-criancas-de5-a-11-anos. Acesso em: 14 fev. 2022.

ARAÚJO, L. A. *et al*. The potential impact of the COVID-19 pandemic on child growth and development: A systematic review. *The Journal of Pediatrics*, [S.l.], v. 97, n. 4, p. 369-377, 2021.

ARMFIELD, J. M. *et al*. School Absenteeism Associated With Child Protection System Involvement, Maltreatment Type, and Time in Out-of-Home Care.*Child Maltreatment*, [S.l.], v. 25, n. 4, p. 433–445, 2020.

ASIAMAH, N. *et al*. Short-term changes in behaviors resulting from COVID-19-related social isolation and their influences on mental health. *Community Mental Health Journal*, [S.l.], v. 57, n. 1, p. 79-92, 2021.

AT LEAST 16 serving or former police officers have killed women. Why does this matter? *Femicide Census*, [S.l.], 2021. Disponível em: https://www.femicidecensus.org/at-least-16-serving-or-former-policeofficers-have-killed-women-why-does-this-matter/. Acesso em: 13 jun. 2022.

AURINO, E.; SHARON, W.; TSINIGO, E. Household food insecurity and early childhood development: Longitudinal evidence from Ghana, *PLoS One*, [S.l.], v. 15, n. 4, p. e0230965, 2020.

BAAMS, L.; WILSON, B. D. M.; RUSSELL, S. LGBTQ youth in unstable housing and foster care. *Pediatrics*, [S.l.], v. 143, n. 3, p. 1-11, 2019.

BACKER, J. A. *et al.* Impact of physical distancing measures against COVID-19 on contacts and mixing patterns: repeated cross-sectional surveys, the Netherlands, 2016-17. *Euro Surveill*, [S.l.], v. 26, n. 8, p. 2000994, 2021.

BARCKERT, L. T. 'Fui violentado por vários homens ao mesmo tempo': o drama dos homens estuprados durante guerras. *Uol*, [S.l.], 2022. Disponível em: https://noticias.uol.com.br/ultimas-noticias/ bbc/2022/03/20/fui-violentado-por-varios-homens-ao-mesmo-tempo-o-drama-doshomens-estuprados-durante-guerras.htm. Acesso em: 12 fev. 2022.

BARNET SAFEGUARDING CHILDREN PARTNERSHIP. *Vulnerable Adolescents Strategy 2020-22*. Barnet: BSCP, 2022. Disponível em: https://www.barnet.gov.uk/sites/default/files/fs_barnet_va_strategy_20-22.pdf. Acesso em: 3 mar. 2022.

BARRANCOS, L.; QUARTIERO, M. F. R.; FREITAS, R. A saúde mental do país às escuras. *Folha de São Paulo*, [S.l.], 2022. Disponível em: https://www1.folha.uol.com.br/blogs/saude-em-publico/2022/04/a-saude-mental-do-pais-as-escuras.shtml. Acesso em: 12 mar. 2022.

BARROS, M. B. A. *et al.* Mental health of Brazilian adolescents during the COVID-19 pandemic. *Psychiatry Res Commun*, [S.l.], v. 2, n. 1, p. 100015, 2022.

BATE, J.; PHAM, P. T.; BORELLI, J. L. Be My Safe Haven: Parent-Child Relationships and Emotional Health During COVID-19. *J Pediatr Psychol*, [S.l.], v. 20, n. 46, p. 624-634, 2021.

BAUER, A. Z. *et al.* Prenatal paracetamol exposure and child neurodevelopment: a review. *Horm Behav*, [S.l.], v. 101, n. 125, 2018, p. 100.

BBC NEWS. Consumo de pé de galinha em alta e outros 5 dados que revelam retrato da fome no Brasil. *G1*, [S.l.], 2021. Disponível em: https://g1.globo.com/economia/noticia/2021/10/05/consumo-de-pe-de-galinha-em-alta-e-outros-5-dados-que-revelam-retrato-da-fome-no-brasil. ghtml. Acesso em: 13 mar. 2022.

BECKER-BLEASE, K. A.; TURNER, H. A.; FINKELHOR, D. Disasters, victimization, and children's mental health. *Child Development*, [S.l.], v. 81, n. 4, p. 1040-1052, 2010.

BELAND, L. P. *et al.* Covid-19, family stress and domestic violence: Remote work, isolation and bargaining power. GLO discussion paper, 571. [S.l.]: Global Labor Organization, 2020.

BENBENISHTY, R. *et al.* Predicting the decisions of hospital based child protection teams to report to child protective services, police and community welfare services. *Child Abuse Negl*, [S.l.], v. 38, n., p. 11-24, 2014.

BENEVIDES, B. G.; NOGUEIRA, S. N. B. (org.). *Dossiê assassinatos contra travestis brasileiras e violência e transexuais em 2019*. São Paulo: Expressão Popular: Antra: IBTE, 2021. Disponível em: https://antrabrasil.files. wordpress.com/2021/01/dossie-trans-2021-29jan2021.pdf. Acesso em: 15 mar. 2022.

BENITES, A. Não é doença, é fome. *El Pais*, [S.l.], 2021. Disponível em: https://brasil. elpais.com/brasil/2021-05-24/nao-e-doenca-e-fome. html. Acesso em: 11 jun. 2022.

BENTENUTO, A. *et al.* Psychological impact of Covid-19 pandemic in Italian families of children with neurodevelopmental disorders. *Res Dev DisabiL*, [S.l.], n. 109, p. 103840, 2021.

BENTES, A. A.; ALVIM, C. G. Crianças e adolescentes não vacinados podem se tornar o nicho de novas variantes. *Brasil de Fato*, [S.l.], 2021. Disponível em: https://www.brasildefato.com.br/2021/09/15/artigo--criancas-eadolescentes-nao-vacinados-podem-se-tornar-o-nicho-de--novas-variantes. Acesso em: 14 mar. 2022.

BERGER, M.; SAMYAI, Z. "More than skin deep": stress neurobiology and mental health consequences of racial discrimination. *Stress*, [S.l.], n. 18, p. 1-10, 2015.

BERNARDES, G. Com surto de gripe, sobe número de internações por sintomas respiratórios. *Correio Braziliense*, [S.l.], 2021. Disponível em: https://www.correiobraziliense.com.br/brasil/2021/12/4972575-com-

-surto-degripe-sobe-numero-de-internacoes-por-sintomas-respiratorios.html. Acesso em: 13 jun. 2022.

BIANCHI, P. 2022 e clima: "Não precisamos esperar o futuro, o clima já está mudando". *Publica*, [S.l.], 2022. Disponível em: https://apublica.org/2022/01/2022-e-clima-nao-precisamos-esperar-o-futuro-o-clima-ja-esta-mudando-diz-pesquisador/. Acesso em: 23 jul. 2022.

BLUM, R. W.; MENGMENG, L.; NARANJO-RIVERA, G. Measuring Adverse Child Experiences Among Young Adolescents Globally: Relationships With Depressive Symptoms and Violence Perpetration. *Journal of Adolescent Health*, [S.l.], v. 65, n. 1, p. 86-93, 2019.

BOLETIM Epidemiológico da SESAI. *Saúde Indígena*, [S.l.], [2022]. Disponível em: http://www.saudeindigena.net.br/coronavirus/mapaEp.php. Acesso em: 18 mar. 2022.

BOLSONARO threatens survival of Brazil's Indigenous population. *Lancet*, London, v. 394, n. 10197, p. 444, 2019.

BORDIANO, G. *et al.* Covid-19, social vulnerability and mental health of LGBTQIA+ populations. *Cad. Saúde Pública*, [S.l.], v. 37, n. 3, p. 00287220, 2021.

BOYER, D.; FINE, D. Sexual abuse as a factor in adolescent pregnancy. *Family Planning Perspectives*, [S.l.], v. 24, p. 4-11, 1992.

BRAITSTEIN, P. *et al.* Association of care environment with HIV incidence and death among orphaned, separated, and street-connected children and adolescents in Western Kenya. *JAMA Network Open*, [S.l.], v. 4, n. 9, p. e2125365, 2021.

BRASIL, A. A. G. M. *et al.* Social inequalities and extreme vulnerability of children and adolescents impacted by the covid-19 pandemic. *The Lancet Regional Health – Americas*, [S.l.], v. 19, p. 100103, 2021.

BRASIL. Presidência da República. Medida Provisória n. 936, de 1 de abril de 2020. Institui o Programa Emergencial de Manutenção do Emprego e da Renda e dispõe sobre medidas trabalhistas complementares para enfrentamento do estado de calamidade pública reconhecido pelo Decreto Legislativo nº 6, de 20 de março de 2020, e da emergência de saúde pública de importância internacional decorrente do coronavírus

(COVID-19), de que trata a Lei nº 13.979, de 6 de fevereiro de 2020, e dá outras providências. Disponível em: <http://www.planalto.gov.br/ccivil_03/_ato2019-2022/2020/mpv/mpv936.htm>. Acesso em 28 set. 2020.

BRASS, E. P. et al. Medication Errors With Pediatric Liquid Acetaminophen After Standardization of Concentration and Packaging Improvements. *Academic Pediatrics*, [S.l.], v. 18, n. 5, p. 563-568, 2018.

BRIDGE, J. A. et al. Age-related racial disparity in suicide rates among US youths from 2001 through 2015. *JAMA Pediatr*, [S.l.], v. 172, p. 697-699, 2018.

BRIERE, J. et al. The Trauma Symptom Checklist for Young Children (TSCYC): Reliability and association with abuse exposure in a multi-site study.Child Abuse & Neglect, [S.l.], v. 25, n. 8, p. 1001-1014, 2001.

BRIGGS, L.; JOYCE, P. R. What determines post-traumatic stress disorder symptomatology for survivors of childhood sexual abuse? *Child Abuse & Neglect*, [S.l.], v. 21, p. 575-582, 1997.

BUHER, Anne, et al. *Bem-estar infantil e saúde mental:* facilitadores e barreiras para conectar crianças e jovens em cuidados fora de casa com tratamento eficaz de saúde mental. [S.l.] 2021.

BUILD forward better. *Save the Children*, [S.l.], 2021. Disponível em: https://s3.savethechildren.it/public/files/uploads/pubblicazioni/build-forward-better.pdf. Acesso em: 28 jul. 2022.

BUIL-GIL, D. et al. (Cybercrime and shifts in opportunities during COVID-19: a preliminary analysis in the UK. *European Societies*, [S.l.], v. 23, n. S1, p. S47-S59, 2020.

BUIL-GIL, D.; ZENG, Y. Meeting you was a fake: investigating the increase in romance fraud during COVID-19.*Journal of Financial Crime*, [S.l.], v. 29, n. 2, p. 460-475, 2022.

BURNETT, D. et al. Distress Levels of Parents of Children with Neurodevelopmental Disorders during the COVID-19 Pandemic: a comparison between Italy and Australia. *Int J Environ Res Public Health*, [S.l.], v. 21, n. 18, p. 11066, 2021.

BUSSIÈRES, E. L. *et al.* COVID Team. Consequences of the COVID-19 Pandemic on Children's Mental Health: A Meta-Analysis. *Front Psychiatry*, [S.l.], v. 1, n. 12, p. 691659, 2021.

BYWATERS, P. *et al. The Relationship between Poverty, Child Abuse and Neglect*: an evidence review. New York: Joseph Rowntree Foundation., 2016.

CALLAWAY, E. Heavily mutated omicron variant puts scientists on alert. nature, [S.l.], v. 600, n. 7887, 2021. Disponível em: https://www.nature.com/articles/d41586-021-03552-w/. Acesso em: 18 abr. 2022.

CAMARANO, A. A. Depending on the income of older adults and the coronavirus: orphans or newly poor? *Cien Saude Colet*, [S.l.], v. 25, p. 4169-4176, 2020.

CAMERON, C. M. *et al.* Violence against children in Afghanistan: Community perspectives. *Journal of Interpersonal Violence*, [S.l.], v. 36, n. 5-6, p. 2521-2540, 2021.

CAMPOS superlotados no nordeste da Síria já sentem efeitos indiretos da COVID-19. *Médicos sem Fronteiras*, [S.l.], 2021. Disponível em: https://www.msf.org.br/noticias/campossuperlotados-no-nordeste-da-siria-ja-sentem-efeitos-indiretos-da-covid-19. Acesso em: 10 jul. 2022.

CAMPOS, L. R. *et al.* Síndrome inflamatória multissistêmica pediátrica (MIS-C) temporariamente associada ao SARS-COV-2. *Residência Pediátrica*, [S.l.], v. 10, n. 2, p. 1-6, 2020.

CÂNDIDO, E. L. *et al.* Influenza A/H1N1 and COVID-19 in Brazil: Epidemiological impacts and differences. Rev. Epidemiol. *Controle Infecç*, [S.l.], v. 10, n. 3, p. 1-11, 2020.

CÂNDIDO, E. L.; GONÇALVES, J. J. COVID-19 syndemic, government, and impact on mental health: A Brazilian reality. *Frontiers in Psychiatry*, [S.l.], v. 12, p. 671449, 2021.

CANKAY, T. U.; BESENEK, M. Negative effects of accompanying psychiatric disturbances on functionality among adolescents with chronic migraine. *BMC Neurology*, [S.l.], v. 21, n. 97, 2021.

CAPPA, C.; PETROWSKI, N. Thirty years after the adoption of the convention on the rights of the child: Progress and challenges in building statistical evidence on violence against children. *Child Abuse & Neglect,* [S.l.], n. 110, n. 1, p. 104460, 2020.

CARINO, G.; DINIZ, D. Deforestation and Brazil's Indigenous population. *Lancet,* London, v. 394, n. 10216, p. 2241, 2020.

CARTER, B. M. Chapter 14: Health problems of early childhood. *In*: HOCKENBERRY, M. J.; WILSON, D.; RODGERS, C. C. (ed.).*Wong's nursing care of infants and children.* 11. ed. St. Louis: Elsevier, 2019. p. 440-459.

CASEFF, G. Violência sexual contra crianças e adolescentes é causa do ano. *Folha de São Paulo,* [S.l.], 2022. Disponível em: https://www1.folha.uol.com.br/folha-social-mais/2022/04/violencia-sexual-contra-criancas-e-adolescentes-e-causa-do-ano.shtml. Acesso em: 12 jun. 2022.

CENÁRIO da Exclusão Escolar no Brasil: um alerta sobre os impactos da pandemia da COVID-19 na Educação. *Unicef,* [S.l.], 2020. Disponível em: https://www.unicef.org/brazil/relatorios/cenario-daexclusao-escolar-no-brasil. Acesso em: 8 ago. 2022.

CENTERS FOR DISEASE CONTROL AND PREVENTION *et al. Children*: The Hidden Pandemic. [S.l.]: CDC: USAID: The World Bank, 2021. Disponível em: https://www.cdc.gov/coronavirus/2019-ncov/downloads/community/ orphanhood-report.pdf. Acesso em: 1 ago. 2022.

CENTRO REGIONAL DE ESTUDOS PARA O DESENVOLVIMENTO DA SOCIEDADE DA INFORMAÇÃO. *Tic educação 2018.* Coletiva de imprensa [2019]. São Paulo: Cetic, 2019. Disponível em: https://bit.ly/3hwlkz1. Acesso em: 22 maio 2022.

CHEN, L. P. *et al.* Sexual abuse and lifetime diagnosis of psychiatric disorders: Systematic review and meta-analysis.Mayo Clinic Proceedings, [S.l.], v. 85, n. 7, p. 618-629, 2010.

CHILD Labour: Global estimates 2020, trends and the road forward. *Unicef,* [S.l.], 2021. Disponível em: https://data.unicef.org/resources/child-labour-2020-global-estimates-trends-and-the-road-forward/. Acesso em: 12 ago. 2022.

CHILDREN and armed conflict in Afghanistan. *UN,* [S.l.], 2021. Disponível em: https://www.un.org/ga/search/view_doc.asp?symbol=s/2021/662&lang=e&area=undoc. Acesso em: 18 ago. 2022.

CHILDREN uprooted in the Caribbean. *Unicef*, [S.l.], 2019. Disponível em: https:// www.unicef.org/child-alert/children-uprooted-caribbean. Acesso em: 8 ago. 2022.

CHILDREN, HIV and AIDS. *Avert*, [S.l.], 2021. Disponível em: https://www.avert.org/professionals/hiv-social-issues/key-affected-populations/children. Acesso em: 1 mar. 2022.

CHOQUET, M. *et al.* Self-reported health and behavioral problems among adolescent victims of rape in France: Results of a cross-sectional survey. *Child Abuse & Neglect*, [S.l.], v. 21, p. 823-832, 1997.

CLASSIFICATION of omicron (B.1.1.529): SARS-CoV-2 variant of concern. *WHO*, [S.l.], 2021. Disponível em: https://www.who.int/news/item/26-11-2021-classification-ofomicron-(b.1.1.529)-sars-cov-2-variant-of-concern. Acesso em: 24 ago. 2022.

CLEVELAND, R. W. *et al.* Children at the Intersection of Pediatric Palliative Care and Child Maltreatment: a vulnerable and understudied population. *J Pain Symptom Manage*, [S.l.], v. 62, n. 1, p. 91-97, 2021.

CHILD FAMILY COMMUNITY AUSTRALIA. Effects of child abuse and neglect for children and adolescents. 2014 [Online]. Disponível em: https://aifs.gov.au/cfca/publications/effects-child-abuse-and-neglect-children-and-adolescents. Acesso em: 24 ago. 2022.

COLLER, R. J.; KOMATZ, K. Children with Medical Complexity and Neglect: Attention Needed. *J Child Adolesc Trauma*, [S.l.], v. 13, n. 3, p. 293-298, 2020.

COLLIER, B. *et al.* The implications of the COVID-19 pandemic for cybercrime policing in Scotland: A rapid review of the evidence and future considerations. *The Scottish Institute for Policing Research, Edinburgh*, [S.l.], 2020. Disponível em: https://rke.abertay.ac.uk/en/publications/the-implications-of-the-covid-19-pandemic-forcybercrime-policing. Acesso em: 1 jun. 2022.

COLLISHAW, S. *et al.* Resilience to adult psychopathology following childhood maltreatment: Evidence from a community sample. *Child Abuse & Neglect*, [S.l.], v. 31, n. 3, p. 211-229, 2007.

COMITÊ CIENTÍFICO DO NÚCLEO CIÊNCIA PELA INFÂNCIA. *Repercussões da Pandemia de COVID-19 no Desenvolvimento Infantil*. São Paulo: Fundação Maria Cecilia Souto Vidigal, 2020. Disponível em: http://www.ncpi.org.br. Acesso em: 1 jun. 2022.

COMPANY-CÓRDOBA, R. *et al.* Mental Health, Quality of Life and Violence Exposure in Low-Socioeconomic Status Children and Adolescents of Guatemala. *International Journal of Environmental Research and Public Health*, [S.l.], v. 17, n. 20, p. 7620, 2020.

CONASS, Conselho Nacional de Secretários de Saúde. 2021.

CONFLICT related sexual violence: report of the united nations secretary-general. *Uited Nations*, [S.l.], 2019. Disponível em: https://peacekeeping.un.org/sites/default/files/annual_report_of_the_sg_on_crsv_2018.pdf.

CONFLITO do Afeganistão é o que mais afeta mulheres e crianças deslocadas. *Acnur*, [S.l.], 2021. Disponível em: https://www.acnur.org/portugues/2021/08/13/conflitodo-afeganistao-e-o-que-mais-afeta-mulheres-e-criancas-deslocadas/. Acesso em: 21 jan. 2022.

CONFLITO na Síria, 10 anos depois: 90% das crianças precisam de apoio, já que a violência, a crise econômica e a pandemia de Covid-19 levam as famílias a uma situação limite. *Unicef*, [S.l.], 2021. Disponível em: https://www.unicef.org/brazil/comunicados-de-imprensa/conflito-na-siria-10-anos-depois-90-por-cento-das-criancas-precisam-de-apoio. Acesso em: 8 ago. 2022.

CNN Brasil. Covid-19 matou quatro crianças e adolescentes por dia no Brasil. 2021. Disponível em: https:// www.cnnbrasil.com.br/saude/covid-19-matou-quatro-criancas-e-adolescentes-pordia - no- brasil/. Acesso em: 8 ago. 2022.

CONNOR, S. R.; DOWNING, J.; MARSTON, J. Estimating the global need for palliative care for children: a crosssectional analysis. *J Pain Symptom Manage*, [S.l.], v. 53, n. 2, p. 171-177, 2017.

CORBOZ, J. *et al.* What works to prevent violence against children in Afghanistan? Findings of an interrupted time series evaluation of a school-based peace education and community social norms change intervention in Afghanistan. *PLoS One*, [S.l.], v. 14, n. 8, p. e0220614, 2019.

CORNIA, G. A.; JOLLY, R.; STEWART, F. COVID-19 and children, in the North and in the South Innocenti discussion papers. *Unicef*, [*S.l.*], 2020. Disponível em: https://www.unicef-irc.org/ publications/1087-covid-19-and-children-in-the-north-and-the-south.html. Acesso em: 13 jun. 2022.

CORSO, P. S.; FERTIG, A. R. The economic impact of child maltreatment in the United States: Are the estimates credible.Child Abuse & Neglect, [*S.l.*], v. 34, n. 5, p. 296-304, 2010.

CORSO, P. S.; LUTZKER, J. R. The need for economic analysis in research on child maltreatment.Child Abuse & Neglect, [*S.l.*], v. 30, n. 7, p. 727-738, 2006.

COURTNEY, M. E. National call to action: Working toward the elimination of child maltreatment. The economics.Child Abuse & Neglect, [*S.l.*], v. 23, n. 10, p. 975-986, 1999.

COUSINS, C. Polio in Afghanistan: A changing landscape. *The Lancet*, London, v. 397, p. 84-85, 2021.

COVID: South Africa 'punished' for detecting new omicron variant. *BBC News*, [*S.l.*], 2021. Disponível em: https:// www.bbc.com/news/world-59442129. Acesso em: 15 mar. 2002.

COVID-19 in Yemen: state narratives, social perceptions, and health behaviours. *Acaps*, [*S.l.*], 2020. Disponível em: https://reliefweb.int/sites/reliefweb.int/files/resources/20200504_acaps_covid-19_n_yemen_misconceptions_rumours_and_politics.pdf. Acesso em: 1 jan. 2022.

COVID-19 no Brasil. *Ministério da Saúde*, 2021. Disponível em: https://infoms.saude.gov.br/extensions/covid-19_html/covid19_html.html. Acesso em: 17 mar. 2022.

COVID-19 Variants. *CDC*, [*S.l.*], [2022]. Disponível em: http://www.bccdc.ca/health-info/diseases-conditions/covid-19/about-covid-19/variants. Acesso em: 17 abr. 2022.

COVID-19: Unpacking South Africa's plan to vaccinate adolescents. *NICD*, [*S.l.*], 2021. Disponível em: https://www.nicd.ac.za/covid-19-unpacking-southafricas-plan-to-vaccinate-adolescents/. Acesso em: 18 jul. 2022.

CRÉPEY, P. *et al*. Impact of quadrivalent influenza vaccines in Brazil: A cost-effectiveness analysis using an influenza transmission model. *BMC Public Health*, [S.l.], v. 20, 2020.

CRIANÇAS e adolescentes estão sendo profundamente impactados pela pandemia de COVID-19, afirma a diretora da Opas. *Opas*, [S.l.], 2021. Disponível em: https://www.paho.org/pt/ noticias/15-9-2021-criancas-e-adolescentes-estao-sendo-profundamente-impactadospela-pandemia-covid. Acesso em: 20 jul. 2022.

CRIANÇAS indígenas tiveram o dobro de risco de morte por Covid no Brasil, diz estudo. *Brasil de Fato*, [S.l.], 2021. Disponível em: https://www.brasildefato.com.br/2021/06/17/criancas-indigenas-tiveram-o-dobro-de-riscode-morte-por-covid-no-brasil-diz-estudo. Acesso em: 17 mar. 2022.

CRIANÇAS, adolescentes e jovens devem estar no centro da transformação dos sistemas alimentares. *Unicef*, [S.l.], 2021. Disponível em: https://www.unicef.org/brazil/comunicados-de-imprensa/criancas-adolescentes-e-jovens-devem-estar-no-centro-da-transformacao-dos-sistemas-alimentares#:~:text=Uma%20transforma%C3%A7%C3%A3o%20do%20sistema%20alimentar,das%20pol%C3%ADticas%20e%20dos%20investimentos. Acesso em: 22 ago. 2022.

CUARTAS, J. Heightened risk of child maltreatment amid the COVID-19 pandemic can exacerbate mental health problems for the next generation. *Psychol Trauma*, [S.l.], v. 1, n. S1, p. S195-S196, 2020.

CUOMO, D.; DOLCI, N. New tools, old abuse: Technology-Enabled Coercive Control (TECC), *Geoforum*, [S.l.], v. 126, p. 224-232, 2021.

DAILY noon briefing highlights: Afghanistan – Ethiopia – Somalia – Syria. *OCHA*, [S.l.], 2021. Disponível em: https://www. unocha.org/story/daily-noon-briefing-highlights-afghanistan-ethiopia-somalia-syria. Acesso em: 21 jan. 2022.

DECLARAÇÃO da diretora executiva do UNICEF, Henrietta Fore, sobre as crianças no Afeganistão. *Unicef*, [S.l.], 2021. Disponível em: https://www.unicef.org/brazil/ comunicados-de-imprensa/declaracao-da-diretora-executiva-do-unicef-sobre-criancas-no-afeganistao. Acesso em: 8 ago. 2022.

DEGROOTE, N. P. *et al.* Relationship of race and ethnicity on access, timing, and disparities in pediatric palliative care for children with cancer. *Support Care Cancer*, [S.l.], v. 30, n. 1, p. 923-930, 2022.

DEMARIA, F.; VICARI, S. COVID-19 quarantine: Psychological impact and support for children and parents. *Ital J Pediatr*, [S.l.], v. 9, n. 47, p. 58, 2021.

DESIGUALDADES raciais e de gênero aumentam a mortalidade por Covid-19, mesmo dentro da mesma ocupação. *Redes de Políticas Públicas & Sociedade*, [S.l.], 2021. Disponível em: https://redepesquisasolidaria.org/wp-content/uploads/2021/09/boletimpps-34- 20set2021-1.pdf. Acesso em: 23 jul. 2022.

DEVASTATINGLY pervasive: 1 in 3 women globally experience violence. *WHO*, [S.l.], 2021. Disponível em: https://www.who.int/news/item/09-03-2021-devastatinglypervasive-1-in-3-women-globally-experience-violence. Acesso em: 21 ago. 2022.

DIAS, E.; PINTO, F. C. F. A Educação e a COVID-19. *Ensaio*: avaliação políticas púbicas em. Educação, [S.l.], v. 28, n. 108, p. 545-554, 2020.

DINIZ, D. Brazil: The worst country in the world for pregnant Black women. *El País*, [S.l.], 2021. Disponível em: https://english.elpais.com/opinion/2021-04-05/brazil-theworst-country-in-the-world-for-pregnant-black-women.html. Acesso em: 11 jun. 2022.

DINIZ, D. É hora de olhar a pandemia a partir do nosso lugar. *El Pais*, [S.l.], 2020. Disponível em: https://brasil.elpais.com/opiniao/2020-04-04/a--pandemia-desde-o-sul-global.html. Acesso em: 11 jun. 2022.

DJATCHE, J. M. *et al.* A cross-sectional analysis of mental health disorders in a mental health services-seeking population of children, adolescents, and young adults in the context of ongoing violence and displacement in northern Cameroon. *Comprehensive Psychiatry*, [S.l.], v. 113, 2022.

DONG, E.; DU, H.; GARDNER L. An interactive webbased dashboard to track COVID-19 in real time. *Lancet Infect Dis*, [S.l.], v. 20, p. 533-534, 2020.

DORNELAS, H. MP ajuíza ação para autorizar aborto de menina grávida após estupro em SC. *Correio Braziliense*, [S.l.], 2022. Disponível em: https://www.correiobraziliense.com.br/brasil/2022/06/5016585-mps-c-ajuiza-acao-para-autorizar-aborto-de-menina-de-11-anos-que-foi-estuprada.html. Acesso em: 13 jun. 2022.

DOWNING, J.; NAMISANGO, E.; HARDING R. Outcome measurement in pediatric palliative care: lessons from the past and future developments. *Ann Palliat Med*, [S.l.], v. 7, n. 3, p. 151-S163, 2018.

DUFFY, J. Y. *et al.* Child maltreatment and risk patterns among participants in a child abuse prevention program. *Child Abuse Negl*, [S.l.], v. 44, p. 184-193, 2015.

EASTMAN, A. L.; MITCHELL, M. N.; PUTNAM-HORNSTEIN, E. Risk of re-report: A latent class analysis of infants reported for maltreatment. Child Abuse Negl, [S.l.], v. 55, p. 22-31, 2016.

EDMOND, T. *et al.* Signs of resilience in sexually abused adolescent girls in the foster care system. Journal of Child Sexual Abuse, [S.l.], v. 15, n. 1, p. 1-28, 2006.

EDUCAÇÃO: da interrupção à recuperação. *Unesco*, [S.l.], 2021. Disponível em: https://pt.unesco.org/covid19/educationresponse. Acesso em: 8 ago. 2022.

EFFECT of Violence against Women on Victims and their Children. *IDB*, [S.l.], 2021. Disponível em: https://publications.iadb.org/publications/english/document/Effectof-Violence-against-Women-on-Victims-and-their-Children-Evidence-from-CentralAmerica-the-Dominican-Republic-and-Haiti.pdf. Acesso em: 22 jun. 2022.

EFFECTS of child abuse and neglect for children and adolescents. *AIFS*, [S.l.], 2014. Disponível em: https://aifs.gov.au/cfca/publications/effects-child-abuse-and-neglect-children-and-adolescents. Acesso em: 27 maio 2022.

EGELAND, B.; SUSMAN-STILLMAN, A. Dissociation as a mediator of child abuse across generations. Child Abuse & Neglect, [S.l.], v. 20, n. 11, p. 1123-1132, 1996.

ELLWANGER, J. H. *et al.* Beyond diversity loss and climate change: impacts of Amazon deforestation on infectious diseases and public health. *Anais da Academia Brasileira de Ciências*, [S.l.], v. 92, n. 1, p. e20191375, 2020.

EM 75% dos casos de estupro, o autor do crime é próximo à vítima. *Mundiblue*, [S.l.], 2022. Disponível em: http://www.mundiblue.com/consultoria/arquivos/4660. Acesso em: 18 jul. 2022.

EM SANTA Catarina, juíza encoraja menina de 11 anos estuprada a desistir de aborto. *Carta Capital*, [S.l.], 2022. Disponível em: https://www.cartacapital.com.br/justica/em-santa-catarina-juiza-encoraja-menina-de-11-anos-estuprada-a-desistir-de-aborto/. Acesso em: 23 maio 2022.

ESCOBAR JÚNIOR, M. A. *et al.* Child abuse and the pediatric surgeon: A position statement from the Trauma Committee, the Board of Governors and the Membership of the American Pediatric Surgical Association. *J Pediatr Surg*, [S.l.], v. 54, n. 7, p. 1277-1285, 2019.

ESTADO do Rio registra mais de cem estupros coletivos em 2022. *IG*, [S.l.], 2022. Disponível em: https://ultimosegundo.ig.com.br/policia/2022-06-21/estado-rio-estupros-coletivos-2022.html. Acesso em: 22 jul. 2022.

ESTUDO indica que as mudanças climáticas podem afetar a saúde mental dos jovens. *Valor Econômico*, [S.l.], 2022. Disponível em: https://valor.globo.com/patrocinado/projeto-especial-esg/noticia/2022/01/13/estudo-indica-que-as-mudancas-climaticas-podem-afetar-a-saude-mental-dos-jovens.ghtml. Acesso em: 18 ago. 2022.

EUROPEAN PARLIAMENTARY RESEARCH SERVICE. *Combating gender-based violence*: cyber violence. [S.l.]: EPRS, 2021. Disponível em: https://www.europarl.europa.eu/RegData/etudes/STUD/2021/662621/EPRS_STU(2021)662621_EN.pdf. Acesso em: 12 jun. 2022.

FACHE, W.; SHARROCK, C. En Syrie, le cimeti`ere des enfants perdus du califat. *Libération*, [S.l.], 2021. Disponível em: https://www.liberation.fr/international/moyen-orient/en-syrie-lecimetiere-des-enfants-perdus-du-califat. Acesso em: 12 jun. 2022.

FAJARDO-GONZALEZ, J. Domestic violence, decision – making power, and female employment in Colombia. *Review of Economics of the Household*, [S.l.], v. 19, p. 233–254, 2020.

FAMÍLIAS com crianças e adolescentes são vítimas ocultas da pandemia, revela pesquisa do UNICEF. *Sociedade Brasileira de Pediatria*, [S.l.], 2021. Disponível em: https://www.sbp.com.br/imprensa/detalhe/nid/familias-com-criancas-e-adolescentes-sao-vitimas-ocultas-da-pandemia-revela-pesquisa-do-unicef/. Acesso em: 12 jun. 2022.

FANG, X. *et al.* The economic burden of child maltreatment in the United States and implications for prevention.Child Abuse & Neglect, [S.l.], v. 36, p. 156-165, 2012.

FEKRI, D. *et al.* An overview on acute malnutrition and food insecurity among children during the conflict in Yemen. *Children*, Basel, v. 6, n. 6, p. 1-8, 2019a.

FEKRI, D. *et al.* Diphtheria outbreak in Yemen: The impact of conflict on a fragile health system. *Conflict and Health*, [S.l.], v. 13, v. 1, p. 1-7, 2019b.

FERGUSSON, D. M.; HORWOOD, L. J.; LYNSKEY, M. T. Childhood sexual abuse and psychiatric disorder in young adulthood: II. Psychiatric outcomes of childhood sexual abuse. *Journal of the American Academy of Child and Adolescent Psychiatry*, [S.l.], v. 35, p. 1365-1374, 1996.

FERRERO, B. A. Actitud y conocimiento de los padres sobre la fiebre. *Rev Pediatr Aten Primaria*, [S.l.], v. 18, n. 72, p. e209-e216, 2016.

FIGURES at a Glance. *UNHCR*, [S.l.], 2018. Disponível em: https://www.unhcr.org/figures-at-a-glance.html. Acesso em: 2 ago. 2022.

FINKELHOR, D. *et al.* Prevalence of childhood exposure to violence, crime, and abuse: Results from the national survey of children's exposure to violence. *JAMA Pediatrics*, [S.l.], v. 169, n. 8, p. 746-754, 2015.

FINKELHOR, D.; ORMROD, R. K.; TURNER, H. A. Lifetime assessment of poly-victimization in a national sample of children and youth. *Child Abuse & Neglect*, [S.l.], v. 33, n. 7, p. 403-411, 2009.

FITZHENRY, M. *et al.* **Child maltreatment and adult psychopathology in an Irish context.** *Child Abuse & Neglect*, [S.l.], v.45, p.101-107, 2015.

FLAHERTY, E. G.; SEGE R. Barriers to physician identification and reporting of child abuse. *Pediatr Ann*; v. 34, n. 5, p. 349-56,2005.

FLEMING, J. *et al.* The long-term impact of childhood sexual abuse in Australian women. *Child Abuse & Neglect*, [S.l.], v. 23, p. 145-159, 1999.

FORTIN, K.; KWON, S.; PIERCE, M. C. Characteristics of Children Reported to Child Protective Services for Medical Neglect. *Hosp Pediatr*, [S.l.], v. 6, n. 4, p. 204-210, 2016.

FOX, K. R. *et al.* Self-injurious thoughts and behaviors interview—revised: development, reliability, and validity. *Psychol Assess*, [S.l.], v. 32, p. 677-689, 2020.

FROUNFELKER, R. L. *et al.* Mental Health of Refugee Children and Youth: Epidemiology, Interventions, and Future Directions. *Annual Review of Public Health*, [S.l.], v. 41, p. 159-176, 2020.

FUNDAÇÃO OSWALDO CRUZ. Saúde mental e atenção psicossocial na pandemia COVID-19: recomendações gerais. Rio de Janeiro: Fundação Oswaldo Cruz; 2020.

FUNDO DAS NAÇÕES UNIDAS PARA INFÂNCIA. *Impactos Primários e Secundários da COVID-19 em Crianças e Adolescentes Relatório de análise 1a Onda*. [S.l.]: Ibope Inteligência, 2020. Disponível em: https://www.unicef.org/brazil/media/ 11331/file/relatorio-analise-impactos-primarios-e-secundarios-da-covid-19-emcriancas-e-adolescentes.pdf. Acesso em: 18 jun. 2022.

G1. (2021). Governo do Kentucky identifica crianças e idosos entre mortos por tornados. 2021. Disponível em: https:// g1.globo.com/mundo/noticia/2021/12/13/balanco-de-mortes-apos-tornado-nokentucky.ghtml. Acesso em: 18 jun. 2022.

GAMA, G. Algoritmo monitora conversas on-line de crianças e adolescentes e detecta assédio sexual. *Jornal da USP*, [S.l.], 2022. Disponível em:https://jornal.usp.br/ciencias/algoritmo-monitora-conversas-on--line-de-criancas-e-adolescentes-e-detecta-assedio-sexual/. Acesso em: 18 ago. 2022.

GAMEIRO, N. População em situação de rua aumentou durante a pandemia. *Fiocruz*, [S.l.], 2021. Disponível em: https://www.fiocruzbrasilia.

fiocruz.br/populacao-em-situacao-de-rua-aumentoudurante-a-pandemia /. Acesso em: 12 jun. 2022.

GARSIDE, R. Covid: Romance fraudsters 'target lonely' in lockdown. *BBC Wales News*, [S.l.], 2020. Disponível em: https://www.bbc.co.uk/news/uk-wales-54855321. Acesso em: 17 jun. 2022.

GENIZI, J. B. et al. Migraine and Tension-Type Headache Among Children and Adolescents: Application of International Headache Society Criteria in a Clinical Setting. *Journal of Child Neurology*, [S.l.], v. 36, n. 8, p. 618-624, 2021.

GIANNAKOPOULOS, G. et al. Perceptions, emotional reactions and needs of adolescent psychiatric inpatients during the COVID-19 pandemic: a qualitative analysis of in-depth interviews. *BMC Psychiatry*, [S.l.], v. 28, n. 21, p. 379, 2021.

GILLETT, R. Intimate intrusions online: Studying the normalisation of abuse in dating apps. *Women's Studies International Forum*, [S.l.], v. 69, p. 212-219, 2018. Disponível em: https://doi.org/10.1016/j.wsif.2018.04.005. Acesso: 18 jun. 2022.

GISLASON, M. K.; KENNEDY, A. M.; WITHAM, S. M. The interplay between social and ecological determinants of mental health for children and youth in the climate crisis. *International Journal of Environmental Research and Public Health*, [S.l.], v. 18, n. 9, p. 4573, 2021.

GOES, E.; RAMOS, D. O.; FERREIRA, A. J. F. Desigualdades raciais em saúde e a pandemia da Covid-19. *Trab. educ. Saud*, [S.l.], v. 18, n. 3, p. e0027811, 2020.

GOLDSTEIN, A.; FLICKER, S. Some things just won't go back: "Teen girls' online dating relationships during COVID-19". *Girlhood Studies*, [S.l.], v. 13, n. 3, p. 64-78, 2020.

GOLOVACHEVA, V. A.; GOLOVACHEVA, A. A.; ANTONENK, L. M. Migraine in children and adolescents: modern principles of diagnostics and treatment. *Neurology, Neuropsychiatry, Psychosomatics*, [S.l.], v. 13, n. 6, p. 111-116, 2021.

GONÇALVES JÚNIOR, J. et al. A crisis within the crisis: The mental health situation of refugees in the world during the 2019 coronavirus

(2019-nCoV) outbreak. *Psychiatry Research*, [S.l.], v. 288, p. 113000-113002, 2020a.

GONÇALVES-JÚNIOR, J. *et al*. The mental health of those whose rights have been taken away: An essay on the mental health of indigenous peoples in the face of the 2019 Coronavirus (2019-nCoV) outbreak. *Psychiatry Res*, [S.l.], v. 289, p. 113094, 2020b.

GONÇALVEZ JÚNIOR, J. *et al*. Coping strategies and health promotion through teaching-service integration in the context of the COVID-19 pandemic. *Revista Brasileira de Medicina de Família e Comunidade*, [S.l.], v. 15, n. 42, p. 2526, 2021.

GORMEZ, V. *et al*. Psychopathology and associated risk factors among forcibly displaced Syrian children and adolescents. *Journal of Immigrant and Minority Health*, [S.l.], v. 20, n. 3, p. 529-535, 2018.

GOVERNO do Kentucky identifica crianças e idosos entre mortos por tornados. *G1*, [S.l.], 2021. Disponível em: https:// g1.globo.com/mundo/noticia/2021/12/13/balanco-de-mortes-apos-tornado-nokentucky.ghtml. 2021. Acesso em: 17 jun. 2022.

GREIJER, S.; DOEK, J. *Terminology Guidelines for the Protection of Children From Sexual Exploitation and Sexual Abuse*. Luxembourg: ECPAT, 2016. Disponível em: http://luxembourgguidelines.org/english-version/. Acesso em: 28 jul. 2022.

GUHA-SAPIR, D. *et al. Annual disaster statistical review 2016*: The numbers and trends. Brussels: Centre for Research on the Epidemiology of Disasters, 2016. Disponível em: https://www.emdat.be/sites/default/files/adsr_2016.pdf. Acesso em: 18 jun. 2022.

GURZENDA, S.; CASTRO, M. C. COVID-19 poses alarming pregnancy and postpartum mortality in Brazil. *E Clinical Medicine*, [S.l.], v. 36, p. 100917, 2021.

HAN, J. M.; SONG, H. Effect of Subjective Economic Status During the COVID-19 Pandemic on Depressive Symptoms and Suicidal Ideation Among South Korean Adolescents. *Psychol Res Behav Manag*, [S.l.], v. 14, n. 14, p. 2035-2043, 2021.

HARMONEY, K. *et al.* Differences in Advance Care Planning and Circumstances of Death for Pediatric Patients Who Do and Do Not Receive Palliative Care Consults: A Single-Center Retrospective Review of All Pediatric Deaths from 2012 to 2016. *J Palliat Med*, [S.l.], v. 22, n. 12, p. 1506-1514, 2019.

HAY, A. D. *et al. Health Technol Assess*, v. 13, n. 27, p. 1-163, 2009.

HERNANDEZ, W. Violence with Femicide risk: Its effects on women and their children. *Journal of Interpersonal Violence*, [S.l.], v. 36, p. 11-12, 2021.

HILLIS, S. D. *et al.* Global minimum estimates of children affected by COVID-19-associated orphanhood and deaths of caregivers: a modelling study. *Lancet*, London, v. 398, p. 391-402, 2021.

HOLMES, M. M. *et al.* Rape-related pregnancy: Estimates and descriptive characteristics from a national sample of women. *American Journal of Obstetrics and Gynecology*, [S.l.], v. 175, p. 320-324, 1996.

HORNOS, A. P. Frio e mudança climática: perigos à saúde mental e aos investimentos. *Estadão*, 2022. Disponível em: https://einvestidor.estadao.com.br/colunas/ana-paula-hornos/frio-mudancas-clima-perigo-saude-investimentos. Acesso em: 12 jun. 2022.

HORTA, B. L. *et al.* Nutricional status of indigenous children: findings from the First National Survey of Indigenous People's Health and Nutrition in Brazil. *International Journal for Equity in Health*, [S.l.], v. 3, p. 12-23, 2013.

HORTON, R. Offline: COVID-19 and the NHS: "A national scandal". *Lancet*, London, v. 395, n. 10229, p. 1022, 2020.

HOSPITAL ISRAELITA ALBERT EINSTEIN. Mudanças climáticas têm impacto direto na saúde da população. *Valor Econômico*, [S.l.], 2022. Disponível em: https://oglobo.globo.com/conteudo-de-marca/hospital-israelita--albert-einstein/noticia/2022/05/mudancas-climaticas-tem-impacto--direto-na-saude-da-populacao.ghtml Acesso em: 18 jul. 2022.

INFLUENZA situation report. *Paho*, [S.l.], 2021. Disponível em: https://www.paho.org/en/influenza-situation-report. Acesso em: 21 jul. 2022.

INSEGURANÇA alimentar cresce no país e aumenta vulnerabilidade à Covid-19. *Faculdade de Medicina – UFMG*, 2021. Disponível em: https://www.medicina.ufmg.br/insegurancaalimentar-cresce-no-pais-e-aumenta-vulnerabilidade-a-covid-19/. Acesso em: 1 abr. 2022.

INSTITUTO NACIONAL DE SAÚDE DA MULHER, DA CRIANÇA E DO ADOLESCENTE. *Covid-19 e saúde da criança e do adolescente.* Rio de Janeiro: IFF/Fiocruz, 2021. Disponível em: https://portaldeboaspraticas.iff.fiocruz.b r/wp-content/uploads/2021/09/Covid_edu_v2.pdf. Acesso em: 21 jun. 2022.

INTER-AMERICAN COMMISSION OF WOMEN. *COVID-19 in Women's Lives*: Reasons for Acknowledging Differentiated Impacts. [*S.l.*]: CIM, 2020. Disponível em: http://www.oas.org/es/cim/docs/ArgumentarioCOVID19-ES.pdf. Acesso em: 21 jun. 2022.

INTERNATIONAL LABOUR ORGANIZATION. *Training Manual on Child Labour in Afghanistan.* Geneva: ILO, 2018. Disponível em: https://www.ilo.org/wcmsp5/groups/public/-ed_norm/-ipec/documents/instructionalmaterial/wcms_667934.pdf. Acesso em: 28 jul. 2022.

IRAZUZTA, J. *et al.* Outcome and cost of child abuse. Child Abuse & Neglect, [*S.l.*], v. 21, n. 8, p. 751-757, 1997.

IUT lança novo Guia de Proteção Online para Crianças. *Portal ODS*, [*S.l.*], 2020. Disponível em: https://portalods.com.br/noticias/uit-lanca-novo-guia-de-protecao-online-para-criancas/. Acesso em: 22 jul. 2022.

JAMISON, A. M.; QUINN, S. C.; FREIMUTH, V. S. You don't trust a government vaccine: Narratives of institutional trust and influenza vaccination among African American and white adults. *Social Science & Medicine*, [*S.l.*], v. 221, p. 87-94, 2019.

JAYAKUMAR, K. Why is sexual violence so common is war. *Peace Insight*, 2013. Disponível em: https://www. peaceinsight.org/en/articles/why-is-sexual-violence-so-common-in-war/?location= &theme=women-peace-security. Acesso em: 23 jun. 2022.

JESEM, D. Y. O. *et al.* Associação de baixa estatura severa em crianças indígenas Yanomami com baixa estatura materna: indícios de transmissão intergeracional. *Ciência & Saúde Coletiva*, [*S.l.*], v. 24, n. 5, p. 1875-1883, 2019.

JEWKES, R. et al. Relationship dynamics and adolescent pregnancy in South Africa. *Social Science and Medicine*, [S.l.], v. 5, p. 733–744, 2001.

JI, Y. et al. Association of Cord Plasma Biomarkers of In Utero Acetaminophen Exposure With Risk of Attention-Deficit/Hyperactivity Disorder and Autism Spectrum Disorder in Childhood. *JAMA Psychiatry*, [S.l.], v. 77, n. 2, p. 180-189, 2020.

JONES, E. A. K.; MITRA, A. K.; BHUIYAN, A. R. Impact of COVID-19 on Mental Health in Adolescents: A Systematic Review. *Int J Environ Res Public Health*, [S.l.], v. 18, n. 5, p. 2470, 2021.

JONES, J. D. et al. Parent-adolescent agreement about adolescents' suicidal thoughts. *Pediatrics*, [S.l.], v. 143, p. e20181771, 2019.

KEMPE, A. et al. Parental hesitancy about routine childhood and influenza vaccinations: A national survey. *Pediatrics*, [S.l.], v. 146, n. 1, p. e20193852, 2020.

KENTOR, R. A.; KAPLOW, J. B. Supporting children and adolescents following parental bereavement: guidance for health-care professionals. *Lancet Child Adolesc Health*, [S.l.], v. 4, p. 889-898, 2020.

KENTOR, R. A.; THOMPSON, A. L. Answering the call to support youth orphaned by COVID-19. *Lancet*, London, v. 398, p. 366–367, 2021.

KERR, M. L. et al. Parents' Self-Reported Psychological Impacts of COVID-19: Associations With Parental Burnout, Child Behavior, and Income. *J Pediatr Psychol*, [S.l.], v. 18, n. 46, p. 1162-1171, 2021.

KHAMIS, V. Posttraumatic stress disorder and emotion dysregulation among Syrian refugee children and adolescents resettled in Lebanon and Jordan. *Child Abuse & Neglect*, [S.l.], v. 89, p. 29-39, 2020.

KILLGORE, W. D. S. et al. Loneliness: A signature mental health concern in the era of COVID-19. *Psychiatry Research*, [S.l.], v. 290, p. 113117, 2020.

KIM, S. J. et al. Parental Mental Health and Children's Behaviors and Media Usage during COVID-19-Related School Closures. *J Korean Med Sci*, [S.l.], v. 28, n. 36, p. e184, 2021.

KIRÁLY, O. *et al.* Preventing problematic internet use during the COVID-19 pandemic: Consensus guidance. *Comprehensive Psychiatry*, [S.l.], v. 100, p. 152180, 2020.

KLEINERT, S.; HORTON, R. Obesity needs to be put into a much wider context. *Lancet*, London, v. 39, n. 10173, p. 724-726, 2019.

KLOESS, J. A.; VAN DER BRUGGEN, M. Trust and Relationship Development Among Users in Dark Web Child Sexual Exploitation and Abuse Networks: A Literature Review From a Psychological and Criminological Perspective. *Trauma, Violence, & Abuse*, [S.l.], Dec. 2021.

KNAUL, F. M. *et al.* On behalf of the Lancet Commission on Palliative Care and Pain Relief Study Group. Alleviating the access abyss in palliative care and pain relief: an imperative of universal health coverage. *Lancet*, London, v. 17, p. 32513-32518, 2017.

KORONES D. Even Dying Children Can Be Victims of Abuse and Neglect. *Journal od Pain and Symptom Management*, [S.l.], v. 49, n. 2, p. SA533, 2015.

KOSCIW, J. G. *et al. The 2015 National School Climate Survey*: the experiences of lesbian, gay, bisexual, transgender, and queer youth in our nation's schools. New York: GLSEN, 2016.

KOURTI, A. *et al.* Domestic violence during the COVID-19 pandemic: A systematic review. *Trauma, Violence & Abuse*, [S.l.], 2021.

KRUG, E. G. *et al.* (ed.). *World report on violence and health.* Geneva: WHO, 2002. Disponível em: https://apps.who.int/iris/bitstream/handle/10665/42495/9241545615_eng.pdf. Acesso em: 28 jun. 2022.

LAGOS, R. Femicide is a crime against all humanity. *El Pais*, [S.l.], 2021. Disponível em: https:// english.elpais.com/elpais/2019/08/11/inenglish/1565517120_175804.html. Acesso em: 29 jun. 2022.

LANG, C. A.; COX, M. J.; FLORES, G. Maltreatment in multiple-birth children. *Child Abuse Negl*, [S.l.], v. 37, n. 12, p. 1109-1113, 2013.

LATIN America and the Caribbean: Inclusion and education: all means all. *Unesco*, [S.l.], 2020. Disponível em: https://gem-report-2020.unesco.org/latin-america-and-thecaribbean/. Acesso em: 18 jun. 2022.

LAYA, A. G. *et al.* To combat gender violence, we need feminist leadership. *El Pais*, [S.l.], 2021. Disponível em: https://english.elpais.com/opinion/2021-03-30/to-combat-gender-violence-we-needfeminist-leadership.html. Acesso em: 28 jun. 2022.

LEME, A. C. B. *et al.* Impact of strategies for preventing obesity and risk factors for eating disorders among adolescents: A systematic review. *Nutrients*, [S.l.], v. 12, n. 10, p. 3134, 2020.

LENGLART, L. *et al.* Brain to Belly: Abdominal variants of migraine and functional abdominal pain disorders associated with migraine. *J Neurogastroenterol Motil*, [S.l.], v. 27, n. 4, p. 482-494, 2021.

LEVELL, J. How to tackle the femicide epidemic. *IPS*, [S.l.], 2021. Disponível em: https://www.ipsjournal.eu/topics/democracy-and-society/how-to-tackle-the-femicide- epidemic5568/. Acesso em: 17 jun. 2022.

LEVY, C. *et al.* Failure to Provide Adequate Palliative Care May Be Medical Neglect. *Pediatrics*, [S.l.], v. 144, n. 4, p. e20183939, 2019.

LGBTQ Children and Youth in Care. *NACAC*, [S.l.], 2022. Disponível em: https://nacac.org/advocate/nacacs-positions/lgbtq-children-and-youth/. Acesso em: 18 jul. 2022.

LI, X.; ZHOU, S. Parental worry, family-based disaster education and children's internalizing and externalizing problems during the COVID-19 pandemic. *Psychol Trauma*, [S.l.], v. 13, n. 4, p. 486-495, 2021.

LÍDIA, N. P. *et al.* Cobertura do Sistema de Vigilância Alimentar e Nutricional Indígena (SISVAN-I) e prevalência de desvios nutricionais em crianças Yanomami menores de 60 meses, Amazônia, Brasil. *Revista Brasileira de Saúde Materno Infantil*, Recife, v. 14, n. 1, p. 53-63, 2014.

LIEW, Z. *et al.* Prenatal Use of Acetaminophen and Child IQ: A Danish Cohort Study. *Epidemiology*, [S.l.], v. 27, n. 6, p. 912-918, 2016.

LIMA, M. E. O.; VALA, J. Sucesso social, branqueamento e racismo. *Psicologia*: Teoria e Pesquisa, [S.l.], v. 20, n. 1, p. 11-19, 2004.

LINDSEY, M. A. *et al.* Trends of suicidal behaviors among high school students in the United States: 1991–2017. *Pediatrics*, [S.l.], v. 144, p. e20191187, 2019.

LU, M. A. *et al*. Prevalence of mental health problems among children and adolescents during the COVID-19 pandemic: A systematic review and meta-analysis. *Journal of Affective Disorders*, [S.l.], v. 293, n. 1, p. 78-89, 2021.

MA, J. *et al*. Children and Adolescents' Psychological Well-Being Became Worse in Heavily Hit Chinese Provinces during the COVID-19 Epidemic. *J Psychiatr Brain Sci*, [S.l.], v. 6, n. 5, p. e210020, 2021.

MAIA, G. Número de denúncias de estupro no Brasil tem aumento de 18,6% em 2022. *Veja*, [S.l.], 2022. Disponível em: https://veja.abril.com.br/coluna/radar/numero-de-denuncias-de-estupro-no-brasil-aumenta-76-em-2022/. Acesso em: 20 ago. 2022.

MAIS de 10 milhões de crianças no Afeganistão precisam de ajuda urgente. *UN News*, [S.l.], 2021. Disponível em: https://news.un.org/pt/story/2021/08/1761462. Acesso em: 20 jul. 2022.

MAIS de 60 crianças mortas em campos no nordeste da Síria este ano, de acordo com ONG. *Uol*, [S.l.], 2021. Disponível em: https://noticias.uol.com.br/ultimas-noticias/afp/2021/09/22/ mais-de-60-criancas-mortas-em-campos-no-nordeste-da-siria-este-ano-de-acordo-com-ong.htm. Acesso em: 18 ago. 2022.

MALOLOS, G. Z. C. *et al*. Mental health and well-being of children in the Philippine setting during the COVID-19 pandemic'. *Health Promotion Perspectives*, [S.l.], v. 11, n. 3, p. 267-270, 2021.

MARINATTO, L.; SERRA, P. Estado do Rio registra mais de cem estupros coletivos em 2022; crianças são as principais vítimas. *O Globo*, [S.l.], 2022. Disponível em: https://oglobo.globo.com/rio/noticia/2022/06/estado-do-rio-registra-mais-de-cem-estupros-coletivos-em-2022-criancas-sao-o-principal-alvo.ghtml. Acesso em: 18 jul. 2022.

MARTIN, M.; DOWN, L.; ERNEY, R. *Out of the Shadows*: supporting LGBTQ youth in child welfare through cross-system collaboration. Washington, DC: Center for the Study of Social Policy, 2016. Disponível em: https://cssp.org/wp-content/uploads/2018/08/Out-of-the-Shadows-Supporting-LGBTQ-youth-in-child-welfare-through-cross-system-collaboration-web.pdf. Acesso em: 22 maio 2022.

MARTINS, L. B. Infâncias invisíveis: a quem interessa crianças vivendo nas ruas? *Lunetas*, [S.l.], 2022. Disponível em: https://lunetas.com.br/criancas-em-situacao-de-rua/. Acesso em: 3 jul. 2022.

MARTINS, P. Por que a COVID-19 é mais mortal para a população negra? *Abrasco*, [S.l.], 2020. Disponível em: https://www.abrasco.org.br/site/gtracismoesaude/2020/07/20/por-que-acovid-19-e-mais-mortal-para-a-populacao-negra-artigo-de-edna-araujo-e-kia-ca ldwell/. Acesso em: 12 jan. 2022.

MAUNULA, L. *et al.* It's Very Stressful for Children: Elementary School-Aged Children's Psychological Wellbeing during COVID-19 in Canada. *Children*, Basel, 2021.

MAYNE, S.L. *et al.* COVID-19 and Adolescent Depression and Suicide Risk Screening. *Pediatrics*, [S.l.], v. 148, n. 3, p. e2021051507, 2021.

MEHERALI, S. *et al.* Mental Health of Children and Adolescents Amidst COVID-19 and Past Pandemics: A Rapid Systematic Review. *Int J Environ Res Public Health*, [S.l.], v. 26, n. 18, p. 3432, 2021.

MELO, K. Covid-19: vacina para crianças chega na segunda quinzena de janeiro. *Agência Brasil*, [S.l.], 2022. Disponível em: https://a genciabrasil.ebc.com.br/saude/noticia/2022-01/covid-19-vacina-para-criancasche-ga-na-segunda-quinzena-de-janeiro. Acesso em: 11 fev. 2022.

MENDES, W. G.; SILVA, C. M. F. P. Homicide of lesbians, gays, bisexuals, travestis, transexuals, and transgender people (LGBT) in Brazil: a spatial analysis. *Ciência Saúde Coletiva*, [S.l.], v. 25, p. 1709-1722, 2020.

MENTAL health atlas 2020. World Health Organization. *WHO*, [S.l.], 2021. Disponível em: https://apps.who.int/iris/handle/10665/345946. Acesso em: 21 ago. 2022.

MILHÕES de jovens sírios sofrem as consequências durante a "década de perdas devastadoras". *ICRC*, [S.l.], 2021. Disponível em: https://www.icrc. org/pt/document/cicv-milhoes-de-jovens-sirios-sofrem-consequencias-durante-decada-de-perdas-devastadoras. Acesso em: 22 jun. 2022.

MILHORANCE, F. Jovens Indígenas Sofrem Impacto Mais Agressivo do Coronavírus que a Média Brasileira na Mesma Faixa Etária. *National*

Geographic, [S.l.], 2020. Disponível em: https://www.nationalgeographicbrasil.com/historia/2020/06/ criancas-adolescentes-jovens-indigenas-morte-coronavirus-pandemia-covid-19-xingu. Acesso em: 16 jul. 2022.

MILLER, K. E. *et al.* Supporting Syrian families displaced by armed conflict: A pilot randomized controlled trial of the Caregiver Support Intervention. *Child Abuse & Neglect*, [S.l.], v. 106, p. 104512, 2020.

MINISTÉRIO DA SAÚDE. Secretaria de Vigilância em Saúde. Doença pelo Coronavírus COVID-19. *Boletim Epidemiológico Especial*, 78. Brasília, DF: Ministério da Saúde, 2021.

MINISTRY OF PUBLIC HEALTH AND POPULATION. *Yemen national health and demographic survey 2013*. [S.l.]: MOPHP, 2015.

MINOZZI, S. *et al.* Impatto del distanziamento sociale per covid-19 sul benessere psicologico dei giovani: una revisione sistematica della letteratura [Impact of social distancing for covid-19 on the psychological well-being of youths: a systematic review of the literature.]. *Recenti Prog Med*, [S.l.], v. 112, n. 5, p. 360-370, 2021.

MIYAMOTO, S. *et al.* Risk factors for fatal and non-fatal child maltreatment in families previously investigated by CPS: A case-control study. *Child Abuse Negl*, [S.l.], v. 63, p. 222-232, 2017.

MONTEIRO, M. F. G.; ROMIO, J. A. F.; DREZETT, J. Is there race/color differential on femicide in Brazil?: the inequality of mortality rates for violent causes among white and black women. *Journal of Human Growth and Development*, [S.l.], v. 31, n. 2, p. 358-366, 2021.

MORAIS,M.L.; AGUADO,A.G. O uso da Internet para aliciamento sexual das crianças. *Revista Tecnológica da Fatec Americana*, [S.l.], v.2, n. 1, p. 23, 2014.

MORALES, K. N. V. *Online gender-based violence against women and girls*. Canada: OAS, 2022. Disponível em: https://www.oas.org/en/sms/cicte/docs/Practical-self-protection-handbook-Online-gender-based-violence-against-women-and-girls.pdf. Acesso em: 18 jun. 2022.

MOREIRA,R.P. *et al.* Prevenção de crimes virtuais contra crianças e adolescentes. *Interfaces-Revista de Extensão da UFMG*, [S.l.], v.7, n. 2, 2019.

MUDANÇAS climáticas afetam a saúde – entenda como os países podem reagir. *Wri Brasil*, [S.l.], 2022. Disponível em: https://wribrasil.org.br/pt/blog/clima/mudancas-climaticas-afetam-saude-entenda-como-os-paises-podem-reagir. Acesso em: 25 ago. 2022.

MURRAY, L. K.; NGUYEN, A.; COHEN, J. A. Child sexual abuse. *Child and Adolescent Psychiatric Clinics of North America*, [S.l.], v. 23, n. 2, p. 321-337, 2014.

NAMUTI, J. D. *et al.* Prevalence and factors associated with suicidal ideation among children and adolescents attending a pediatric HIV Clinic in Uganda. *Frontiers in Sociology*, [S.l.], v. 15, 2021.

NASCIMENTO, M. M.; RODRIGUES, M. S. Nutritional status of resident children and adolescents in the northeast region of Brazil: a literature review. *Rev Med*, São Paulo, v. 99, n. 2, p. 182-188, 2020.

NASIO, J-D. *A dor de amar*. Rio de Janeiro: Jorge Zahar Ed., 2007.

NASIO, J-D. *Por que repetimos os mesmos erros*. Rio de Janeiro: Zahar Ed., 2014.

NASIO, J-D. Sim, *a psicanálise cura!* Rio de Janeiro: Zahar Ed., 2019.

NASIO, J-D. *Um psicanalista no divã*. Rio de Janeiro: Jorge Zahar Ed., 2003.

NATALINO, M. Estimate of the homeless population in Brazil (September 2012 to March 2020) Technical Note – 2020 – June – Number 73 – Disoc Estimate of the homeless population in Brazil. [2021]. Disponível em: https://www.ipea.gov.br/portal/index.php?option=com_content&view=article&id=35812&catid=192&Itemid=9. Acesso em: 18 jul. 2022.

NATIONAL COMMISSION ON CHILDREN AND DISASTERS. 2010 Report to the president and congress. *ACF*, [S.l.], 2010. Disponível em: https://www.acf.hhs.gov/ohsepr/ resource/2010-national-commission-on-children-and-disasters. Acesso em: 18 jul. 2022.

NATIONAL REFERENCE LABORATORY; UZ LEUVEN; KU LEUVEN. *Genomic surveillance of SARS-CoV-2 in Belgium*. [S.l.: s. n.], 2021. Disponível em: https://assets.uzleuven.be/files/2021-11/genomic_surveillance_update_211126.pdf. 2021. Acesso em: 18 jun. 2022.

NATIONAL Strategy for Child Exploitation Prevention and Interdiction. *U.S. Department of Justice*, [S.l.], 2016. Disponível em: https://www.justice.gov/psc/file/842411/download (last visited Oct. 7, 2018) (on file with the International Centre for Missing & Exploited Children). Acesso em: 1 ago. 2022.

NATIVOS digitais não sabem buscar conhecimento na internet, diz OCDE. *BBC News Brasil*, [S.l.], 2021. Disponível em: https://www.bbc.com/portuguese/geral-57286155. Acesso em: 17 mar. 2022.

NETO, J. C. *et al*. Analysis of epidemiological indicators of children and adolescents affected by Covid-19 in Northeastern Brazil. *Rev Enferm UFSM*, [S.l.], v. 11, p. 1–19, 2021.

NUNES, N. R. D. A.; SOUSA, P. C. S. Para ficar em casa e preciso ter casa: Desafios para as mulheres em situação de rua em tempos de pandemia. *Rev. Augustus*, [S.l.], v. 25, p. 97-112, 2020.

NUNES, N. R. de A.; RODRIGUEZ, A.; CINACCHI, G. B. Health and Social Care Inequalities: The Impact of COVID-19 on People Experiencing Homelessness in Brazil. *International Journal of Environmental Research and Public Health*, [S.l.], v. 18, p. 5545, 2021.

NURIUS, P. S. *et al*. Life course pathways of adverse childhood experiences toward adult psychological well-being: A stress process analysis. *Child Abuse & Neglect*,[S.l.], v. 45, p. 143–153, 2015.

O ENFRENTAMENTO do Covid-19 no Instituto de Infectologia Emílio Ribas. *Instituto de Infectologia Emílio Ribas*, [S.l.], 2021. Disponível em: www.emilioribas.org/. Acesso em: 19 jun. 2022.

O PAÍS onde ser negro ou mulher é comorbidade. *Rede De Políticas Públicas & Sociedade*, [S.l.], 2021. Disponível em:https://redepesquisasolidaria.org/midia/o-pais-ondeser-negro-ou-mulher-e-comorbidade/. Acesso em: 23 jul. 2022.

O'DONNELL, C.; ABOULENEIN, A. Hospitalização de Crianças Dispara nos EUA e Cria Novos Temores da Ômicron. *CNN Brasil*, [S.l.], 2021. Disponível em: https:// www.cnnbrasil.com.br/saude/hospitalizacao-de-criancas-dispara-nos-eua-e-crianovos-temores-da-omicron/. Acesso em: 22 maio 2022.

OKUYAMA J. *et al*. Mental Health and Physical Activity among Children and Adolescents during the COVID-19 Pandemic. *Tohoku J Exp Med*, [S.l.], v. 253, n. 3, p. 203-215, 2021.

OLD ordnance | Landmine explosion kills child in southern Idlib countryside. *SOHR*, [S.l.], 2021. Disponível em: https://www.syriahr.com/en/230303/. Acesso em: 28 jul. 2022.

O'LEARY, Patrick J.; BARBER, James. Journal of child sexual abuse, 2008. Disponível em: https://www.tandfonline.com/doi/abs/10.1080/10538710801916416. Acesso em: 10 jan. 2023.

OLEG, B.; EVA, L. Concordance between the estimates of wasting measured by weight-for-height and by mid-upper arm circumference for classification of severity of nutrition crisis: Analysis of population-representative surveys from humanitarian settings. *BMC Nutrition*, [S.l.], v. 24, n. 4, p. 1-10, 2018.

OLIVEIRA, A. Gripe em SP: hospital infantil relata 42% de testes positivos para Influenza A em crianças só em dezembro 2021. *Revista Crescer*, [S.l.], 2021. Disponível em: https://revistacrescer.globo.com/Criancas/Saude/ noticia/2021/12/gripe-em-sp-hospital-infantil-relata-42-de--testes-positivos-parainfluenza-em-criancas-so-em-dezembro.html. Acesso em: 18 jul. 2022.

OLIVEIRA, E. A. *et al*. Clinical characteristics and risk factors for death among hospitalised children and adolescents with COVID-19 in Brazil: An analysis of a nationwide database. *Lancet*, London, v. 5, n. 8, p. 559-568, 2021.

OLIVEIRA, F. A. G.; CARVALHO, H. R.; JESUS, J. G. LGBTI+ em tempos de pandemia da Covid-19. *Diversitates Int. J*, [S.l.], v. 12, p. 60-94, 2020.

OLIVEIRA, I. Das 4.486 denúncias de violação infantil em 2022, 18,6% estão ligadas a abuso sexual. *CNN Brasil*, [S.l.], 2022. Disponível em: https://www.cnnbrasil.com.br/nacional/2022-tem-4-486-denuncias--de-abuso-infantil-maioria-dos-casos-acontece-com-meninas/. Acesso em: 29 maio 2022.

OLIVEIRA, J. V. Crossing borders and barriers: A look at the challenges of displacement of Venezuelan children and adolescents in Roraima – Brazil. *Desidades*, [S.l.], v. 30, p. 124-141, 2021.

OLIVEIRA, N.; PORTELA, R. Tensão psicossocial acirra debate sobre política de saúde. *Agência Senado*, [S.l.], 2022. Disponível em: https://www12.senado.leg.br/noticias/infomaterias/2022/04/tensao-psicossocial-acirra-debate-sobre-politica-de-saude. Acesso em: 18 jul. 2022.

OLSSON, A. *et al*. Sexual abuse during childhood and adolescence among Nicaraguan men and women: A population-based survey. *Child Abuse & Neglect*, [S.l.], v. 24, p. 1579–1589, 2000.

OMS, Organização Mundial da Saúde. Genebra. Relatório mundial sobre violência e saúde. 2002, [Online]. Disponível em: https://www.cevs.rs.gov.br/upload/arquivos/201706/14142032-relatorio-mundial-sobre-violencia-e-saude.pdf. Acesso em: 20 jul. 2022.

OMS, Organização Mundial da Saúde. Clinical management of COVID-19. WHO, 2020. Disponível em: <https://www.who.int/ publications-detail/clinicalmanagement-of-severe-acuterespiratory-infection-when-novelcoronavirus-(ncov)-infection-issuspected>. Acesso em: 30 Jul. 2020.

OMS, Organização Mundial da Saúde. World Health Organização. OMS publica diretrizes sobre tratamento de crianças com síndrome inflamatória multissistêmica associada à Covid-19. *Opas*, [S.l.], 2021. Disponível em: https://www.paho.org/pt/noticias/ 23-11-2021-oms-publica-diretrizes-sobre-tratamento-criancas-com-sindromeinflamatoria/. Acesso em: 20 jul. 2022.

ORGANIZAÇÃO MUNDIAL DE SAÚDE (OMS). INSPIRE: sete estratégias para pôr fim à violência contra crianças. [Internet]. OMS: 2022; [citado em 2021 ago 01]. Disponível em: http://apps.who.int/iris/bitstream/handle/10665/207717/9789241565356-por.pdf?ua=1. Acesso em: 04 maio 2022.

ONLINE and ICT facilitated violence against women and girls during COVID-19. *UN Women*, [S.l.], 2020. Disponível em: https://www.unwomen.org/en/digital-library/ publications/2020/04/brief-online-and-ict-facilitated-violence-against-women-and-girls-during-covid-19. Acesso em: 20 jul. 2022.

ONOFRI, A. *et al*. How to Assess the Headache – Sleep Disorders Comorbidity in Children and Adolescents. *J. Clin. Med*, [S.l.], v. 10, p. 5887, 2021.

ORNELL, F. *et al.* "Pandemic fear" and COVID-19: mental health burden and strategies. *Brazilian Journal of Psychiatry*, [S.l.], v. 42, n. 3, p. 232-235, 2020.

ORR, C. Night of devastating tornadoes likely kills more than 100 in Kentucky. *Reuters*, [S.l.], 2021. Disponível em: https://www.reuters.com/world/us/fifty-people-likely-killed-tornadoes-kentucky-governor2021-12-11/. Acesso em: 23 jul. 2022.

OS IMPACTOS da poluição e desmatamento na saúde mental. *Organics News Brasil*, [S.l.], [2022]. Disponível em: https://organicsnewsbrasil.com.br/os-impactos-da-poluicao-e-desmatamento-na-saude-mental/. Acesso em: 22 jul. 2022.

OUTRIGHT ACTION INTERNATIONAL. *Vulnerability amplified*: the impact of the COVID-19 pandemic on LGBTIQ people. New York: OutRight Action International, 2020. Disponível em: https://outrightinternational.org/sites/default/files/COVIDsReportDesign_FINAL_LR_0.pdf. Acesso em: 21 jul. 2022.

PAÍS registra 10 estupros coletivos por dia; notificações dobram em 5 anos. *PV Mulher*, [S.l.], 2022. Disponível em: https://pvmulher.com.br/pais-registra-10-estupros-coletivos-por-dia-notificacoes-dobram-em--5-anos/. Acesso em: 24 jul. 2022.

PALMER, T. Digital dangers The impact of technology on the sexual abuse and exploitation of children and young people. *Bllieve in Children Barnardo's*, [S.l.], 2015. Disponível em: https://www.barnardos.org.uk/sites/default/files/uploads/digital-dangers.pdf. Acesso em: 21 jul. 2022.

PANDEMIA piorou alimentação de crianças e adolescentes, alertam debatedores. *Agência Câmara de Notícias*, [S.l.], 2021. Disponível em: https:// www.camara.leg.br/noticias/781669-pandemia-piorou-alimentacao-de-criancas-Brasil. Acesso em: 17 mar. 2022.

PANDEMIA provoca aumento nos níveis de pobreza sem precedentes nas últimas décadas e tem um forte impacto na desigualdade e no emprego. *Nações Unidas*, [S.l.], 2021. Disponível em: https://www.cepal.org/pt-br/comunicados/pandemia-provoca-aumento-niveis-pobreza--sem-precedentes-ultimas-decadas-tem-forte. Acesso em: 1 jun. 2022.

PANDEMIC fuels Venezuela's worsening child labour crisis. *Aljazeera*, [S.l.], 2021. Disponível em: https:// www.aljazeera.com/economy/2021/5/10/pandemic-fuels-venezuelas-worseningchild-labour-crisis. Acesso em: 22 fev. 2022.

PANDEY, R. *et al.* Childhood maltreatment and its mental health consequences among Indian adolescents with a history of child work. *Australian and New Zealand Journal of Psychiatry*, [S.l.], v. 54, n. 5, p. 469-508, 2020.

PEDIATRIC and Adolescent Migraine: Ten things to know. *Migraineur Magazine*, [S.l.], 2021. Disponível em: https://www.migraineurmagazine.com/migraineur/pediatric-and-adolescent-migraine-ten-things-to-know. Acesso em: 12 jul. 2022.

PEDIATRICIANS, Child and Adolescent Psychiatrists and Children's Hospitals Declare National Emergency in Children's Mental Health. *Acap*, [S.l.], 2021. Disponível em: https://www.aacap.org/AACAP/zLatest_News/Pediatricians_CAPs_Childrens_Hospitals_Declare_National_Emergency_Childrens_Mental_Health.aspx. Acesso em: 21 fev. 2022.

PEIXOTO, J. L. *A criança em ruínas*. Porto Alegre: Dublinense, 2017.

PELÚCIO, L.; PAIT, H.; SABARINE, T. *O amor em tempos de aplicativos*: notas afetivas e metodológicas sobre pesquisas com mídias digitais. No emaranhado da rede: Gênero, sexualidade e mídia – desafios teóricos e metodológicos do presente. São Paulo: Annablume, 2015.

PESQUISA mostra impacto da "ansiedade climática" nos jovens, que culpam governos por "traição". *Uol*, [S.l.], 2022. Disponível em: https://noticias.uol.com.br/ultimas-noticias/rfi/2021/09/14/pesquisa-mostra-impacto-da-ansiedade-climatica-nos-jovens-que-culpam-governos-por-traicao.htm. Acesso em: 18 ago. 2022.

PHAN, A.; SEIGFRIED-SPELLAR, K.; CHOO, K-K R. Threaten me softly: A review of potential dating app risks. *Computers in Human Behavior Reports*, [S.l.], v. 3, p. 100055, 2021.

PINTO, I. V. *et al.* Perfil das notificações de violências em lésbicas, gays, bissexuais, travestis e transexuais registradas no Sistema de Informação de Agravos de Notificação, Brasil, 2015 a 2017. *Rev Bras Epidemiol.*, [S.l.], v. 23, v. 1, p. e200006., 2020.

POLICY Brief: Education during COVID-19 and beyond. *WHO*, [S.l.], 2020. Disponível em: https://www.un.org/development/desa/dspd/wp-content/uploads/sites/22/2020/08/sg_policy_brief_covid19_and_education_august_2020.pdf. Acesso em: 20 ago. 2022.

POSICIONAMENTO SBIm/SBI/SBP sobre a vacinação de crianças de 5 a 11 anos contra a Covid-19. *Sociedade Brasileira de Imunizações*, [S.l.], 2021. Disponível em: https://sbim.org.br/images/files/notas-tecnicas/211215-carta-divulgacao-sbim-sbisbp-anvisa.pdf. Acesso em: 28 jul. 2022.

POWERS,S. W. *et al.* Prevalence of Headache Days and Disability 3 Years After Participation in the Childhood and Adolescent Migraine Prevention Medication Trial. JAMA Netw Open, [S.l.],v. 4, n. 7, p. e2114712, 2021.

PROMOTE peaceful and inclusive societies for sustainable development, provide access to justice for all and build effective, accountable and inclusive institutions at all levels. *United Nations*, [S.l.], 2022. Disponível em: https://sdgs.un.org/goals/goal16. Acesso em: 8 ago. 2022.

PUENTE, B. Estado do Rio de Janeiro soma 56 mortes causadas pelo vírus Influenza A. *CNN Brasil*, [S.l.], 2021. Disponível em: https://www.cnnbrasil.com.br/saude/estado-do-rio-de-janeiro-soma-56-mortes--causadaspela-influenza-a/. Acesso em: 28 maio 2022.

PUTNAM-HORNSTEIN, E. *et al.* Racial and ethnic disparities: a population-based examination of risk factors for involvement with child protective services. *Child Abuse Negl*, [S.l.], v. 37, n. 1, p. 33-46, 2013.

QIN, Z. *et al.* Prevalence and Risk Factors Associated With Self-reported Psychological Distress Among Children and Adolescents During the COVID-19 Pandemic in China. *JAMA Netw Open*, [S.l.], v. 4, n. 41, p. e2035487, 2021.

RADAELLI, B. R.; BATISTELA, C. G. O abandono digital e a exploração sexual infantil. *In*: CONGRESSO INTERNACIONAL DE DIREITO E CONTEMPORANEIDADE, 5., 2019, Santa Maria. *Anais* [...]. Santa Maria: UFSM, 2019.

RAFFAGNATO, A. *et al.* The COVID-19 Pandemic: A Longitudinal Study on the Emotional-Behavioral Sequelae for Children and Adolescents with Neuropsychiatric Disorders and Their Families. *Int J Environ Res Public Health*, [S.l.], v. 19, n. 18, p. 9880, 2021.

RAQUEL, V. C. *et al*. Fatores associados à pneumonia em crianças Yanomami internadas por condições sensíveis à atenção primária na região norte do Brasil. *Ciência & Saúde Coletiva*, [S.l.], v. 21, n. 5, p. 1597-1606, 2016.

RECHT, J. *et al*. Malaria in Brazil, Colombia, Peru and Venezuela: current challenges in malaria control and elimination. *Malaria Journal*, [S.l.], v. 16, p. 273, 2017.

REPORT on violent deaths of children and adolescents – Venezuela 2019. *Observatorio Venezolano de Violencia*, [S.l.], 2020. Disponível em: https://observatoriodeviolencia.org.ve/news/report-on-violentdeaths--of-children-and-adolescents-venezuela-2019/. Acesso em: jul. 2022.

REVEALED: Inequalities persist in HIV prevention, child treatment services. *UN News*, [S.l.], 2021. Disponível em: https://news.un.org/en/story/2021/07/1096242. Acesso em: 8 ago. 2022.

RIBBERS, S. *et al*. Core outcome domains of pediatric palliative care for children with severe neurological impairment and their families: A qualitative interview study. *Palliat Med*, [S.l.], v. 34, n. 3, p. 309-318, 2020.

RIBEIRO, J. DF tem aumento de 130% no número de crianças em situação de rua. *Metrópoles*, [S.l.], 2021. Disponível em: https://www.metropoles.com/distrito-federal/df-tem-aumento-de-130-no-numero-de-criancas-em-situacao-de-rua. Acessso em: 12 jul. 2022.

RIGHTS & SECURITY INTERNATIONAL. *Abandoned to torture*: dehumanising rights violations against children and women in northeast Syria. [S.l.]: Rights & Security International, 2021. Disponível em: https://www. rightsandsecurity.org/assets/downloads/Abandoned_to_Torture_-_Final_Report.pdf. Acesso em: 24 jul. 2022.

ROBERTS, Y. What happens to the children of women killed by men? *The Guardian*, [S.l.], 2021. Disponível em: https://www.theguardian.com/society/2021/aug/22/what-happens-to-the-childrenof-women--killed-by-men. Acesso em: 24 jul. 2022.

ROBORTELLA, D. R. *et al*. Prospective assessment of malaria infection in a semi-isolated Amazonian indigenous Yanomami community: Transmission heterogeneity and predominance of submicroscopic infection. *PLoS One*, [S.l.], v. 15, n. 3, p. 1-16, 2020.

ROCHA, L. Pesquisas apontam aumento do número de casos de depressão no Brasil. *CNN Brasil*, [S.l.], 2022. Disponível em: https://www.cnnbrasil.com.br/saude/pesquisas-apontam-aumento-nos-casos-de-depressao-no-brasil/. Acesso em: 28 maio 2022.

RODRIGUES, A. Agente de saúde é a primeira indígena a ter coronavírus confirmado. *Agência Brasil*, [S.l.], 2020. Disponível em. https://agenciabrasil.ebc.com.br/saude/noticia/2020-04/agente-de-saude-e-primeiraindigena-ter-coronavirus-confirmado. Acesso em: 13 fev. 2022.

RODRIGUEZ, A. *et al.* Reflexive Mapping Exercise of Services to Support People Experiencing or at Risk of Homelessness: A Framework to Promote Health and Social Care Integration. *J. Soc. Distress Homelessness*, [S.l.], v. 2, p. 1-10, 2020.

RORY, T. Revealed: Dozens of children as young as EIGHT have been raped or abused by paedophiles on Tinder and Grindr because the dating apps are failing to enforce age restrictions. *MailOnline*, [S.l.], 2019. Disponível em: https://www.dailymail.co.uk/news/article-6687797/Dozens-children-young-eight-raped-dating-apps.html. Acesso em: 4 jul. 2022.

ROSEN, N. G. *et al.* Child physical abuse trauma evaluation and management: A Western Trauma Association and Pediatric Trauma Society critical decisions algorithm. *The Journal of Trauma and Acute Care Surgery*, [S.l.], v. 90, n. 4, p. 641-651, 2021.

SAHIN, E. *et al.* Vulnerabilities of Syrian refugee children in Turkey and actions taken for prevention and management in terms of health and wellbeing. *Child Abuse & Neglect*, [S.l.], v. 29, p. 104628, 2020.

SALERNO, J. P.; DEVADAS, J.; PEASE, M. Sexual and gender minority stress amid the COVID-19 pandemic: implications for LGBTQ young persons' mental health and well-being. *Public Health Rep*, [S.l.], v. 135, n. 6, p. 721-727, 2020.

SANSON, A.; BELLEMO, M. Children and youth in the climate crisis. *B JPsych Bulletin*, [S.l.], v. 45, n. 4, p. 205-209, 2021.

SANTORO, J. D.; BENNETT, M. Ethics of end of life decisions in pediatrics: a narrative review of the roles of caregivers, shared decision-making, and patient centered values. *Behavioral Sciences*, [S.l.], v. 8, n. 5, p. 42, 2018.

SANTOS, H. L. P. C. D. *et al.* Necropolitics and the impact of COVID-19 on the Black community in Brazil: A literature review and a document analysis. *Ciência & Saúde Coletiva*, [S.l.], v. 25, n. 2, p. 4211-4224, 2020.

SAPIEZYNSKA, E. Weapon of war: sexual violence against children in conflict. Save the children. *Save the Children*, [S.l.], 2021. Disponível em: https://www.savethechildren.net/blog/weapon-war-sexual-violenceagainst-children-conflict. Acesso em: 26 jul. 2022.

SAÚDE mental: por que tantos jovens adoecem? *Nace*: orientação vocacional, [S.l.], 2022. Disponível em: https://nace.com.br/saude-mental--por-que-tantos-jovens-adoecem-04-2022/. Acesso em: 19 jul. 2022.

SAÚDE planetária: 3 contextos humanitários que podem ser agravados por mudanças climáticas e ambientais. *Médicos sem Fronteiras*, [S.l.], 2022. Disponível em: https://www.msf.org.br/noticias/saude-planetaria-3-contextos-humanitarios-que-podem-ser-agravados-por-mudancas-climaticas-e/. Acesso em: 10 jul. 2022.

SAYED, M. H. *et al.* COVID-19 related posttraumatic stress disorder in children and adolescents in Saudi Arabia. *PLoS One*, [S.l.], v. 4, n. 16, p. e0255440, 2021.

SCALE up support to Iran to safeguard fleeing Afghans, says UNHCR's Grandi. *UNHCR*, [S.l.], 2021. Disponível em: https://reliefweb.int/report/yemen/yemen-unhcr-operational-updatecovering-period-12-21-october-2021. Acesso em: 5 ago. 2022.

SCHUETZE, D. *et al.* Care practices of specialized outpatient pediatric palliative care teams in collaboration with parents: Results of participatory observations. *Palliat Med*, [S.l.], v. 36, n. 2, p. 386-394, 2022.

SEDDIGHI, H. *et al.* Preparing children for climate-related disasters. *BMJ Paediatrics Open*, [S.l.], v. 4, n. 1, p. e000833, 2020.

SESSO, G. *et al.* Parental Distress in the Time of COVID-19: A Cross-Sectional Study on Pediatric Patients with Neuropsychiatric Conditions during Lockdown. *Int J Environ Res Public Health*, [S.l.], v. 26, n. 18, p. 7902, 2021.

SHAH, K. *et al.* Impact of COVID-19 on the Mental Health of Children and Adolescents. *Cureus*, [S.l.], v. 12, n. 8, p. e10051, 2020.

SHAMEFUL milestone' in Yemen as 10,000 children killed or maimed since fighting began. *Unicef*, [S.l.], 2021. Disponível em: https://www.unicef.org/press-releases/shamefulmilestone-yemen-10000-children-killed-or-maimed-fighting-began. Acesso em: 8 ago. 2022.

SIDEBOTHAM, P.; HERON, J. Child maltreatment in the "children of the nineties": A cohort study of risk factors. *Child Abuse & Neglect*, [S.l.], v. 30, n. 5, p. 497-522, 2006.

SILVA, G. A. E.; JARDIM, B. C.; SANTOS, C. V. B. Excess mortality in Brazil in times of Covid-19. *Ciência Saúde Coletiva*, [S.l.], v. 25, p. 3345-3354, 2020.

SILVA, I. Órfãos do feminicídio: um problema que não podemos ignorar. *Nexo*, [S.l.], 2021. Disponível em: https://www.nexojornal.com.br/colunistas/tribuna/2021/%C3%93rf%C3%A3osdo-feminic%C3%A-Ddio-um-problema-que-n%C3%A3o-podemos-ignorar. Acesso em: 18 jul. 2022.

SILVEIRA, S.L. da. Pedofilia na internet. *Revista Eletrônica Conhecimento Interativo*, [S.l.], v. 1, n. 2, 2020.

SIMON, J.; LUETZOW, A.; JON, R. C. Thirty years of the convention on the rights of the child: Developments in child sexual abuse and exploitation. *Child Abuse & Neglect*, [S.l.], v. 110, n. 1, p. 104399, 2020.

SITUAÇÃO das crianças e dos adolescentes no Brasil. *Unicef*, [S.l.], 2021. Disponível em: https://www.unicef.org/brazil/situacao-das-criancas-e-dos-adolescentes-nobrasil. Acesso em: 17 jun. 2022.

SLEAP, V. *et al.* Suicide in Children and Young People. Bristol: NCMD, 2021. Disponível em: https://www.ncmd.info/wp-content/uploads/2021/11/NCMD-Suicide-in-Children-and-Young-People-Report.pdf. Acesso em: 21 jul. 2022.

SLOW progress on AIDS – related deaths among adolescents. *Unaids*, [S.l.], 2021. Disponível em: https://www.unaids.org/en/resources/presscentre/featurestories/2021/october/20211004_ aids-related-deaths-among-adolescents. Acesso em: 2 ago. 2022.

SOUSA, L. M. P. de. O que sabemos sobre a fome da população em situação de rua no Brasil? *Brasil de Fato*, [S.l.], 2021. Disponível em:

https://www.brasildefatopb.com.br/2021/05/02/o-que-sabemos-sobre-a-fomeda-populacao-em-situacao-de-rua-no-brasil Acesso em: 17 mar. 2022.

SOUZA, M. A. da S. Meninos e meninas de rua saíram da agenda pública, mas não das ruas. *Brasil de Fato*, [S.l.], 2020. Disponível em: https://www.brasildefato.com.br/2020/11/02/artigo-meninos-e-meninas-de-rua-sairam-da-agenda-publica-mas-nao-das-ruas Acesso em: 20 mar. 2022.

SPENCER, A. E. *et al.* Changes in psychosocial functioning among urban, school-age children during the COVID-19 pandemic. *Child Adolesc Psychiatry Ment Health*, [S.l.], v. 2, n. 15, p. 73, 2021.

SPRAKER-PERLMAN, H. L. *et al.* The Impact of Pediatric Palliative Care Involvement in the Care of Critically Ill Patients without Complex Chronic Conditions. *J Palliat Med*, [S.l.], May, v. 22, n. 5, p. 553, 2019.

STRUCK, S. *et al.* Adverse childhood experiences (ACEs) research: A bibliometric analysis of publication trends over the first 20 years. *Child Abuse & Neglect*, [S.l.], v. 112, 2021.

SUBSTANCE ABUSE AND MENTAL HEALTH SERVICES ADMINISTRATION. *Disaster technical assistance center supplemental research bulletin Behavioral Health Conditions in Children and Youth Exposed to Natural Disasters.* [S.l.]: SAMHSA, 2018. Disponível em: https://www.samhsa.gov/sites/ default/files/srb-childrenyouth-8-22-18.pdf. Acesso em: 28 jul. 2022.

SZPERKA, C. Headache in Children and Adolescents. *Continuum Minneap Minn*, [S.l.], v. 1, n. 27, p. 703-731, 2021.

TALAL, A. S. *et al.* Uncomplicated falciparum malaria among schoolchildren in Bajil district of Hodeidah governorate, west of Yemen: Association with anaemia and underweight. *Malaria Journal*, [S.l.], v. 19, n. 1, p. 319-358, 2020.

TALSMA, M.; BENGTSSON BOSTRÖM, K.; ÖSTBERG, A. L. Facing suspected child abuse--what keeps Swedish general practitioners from reporting to child protective services? *Scand J Prim Health Care*, [S.l.], v. 33, n. 1, p. 21-26, 2015.

TAQUECE, L. A escalada da violência contra crianças no Afeganistão. *Diplomatique*, [S.l.], 2021. Disponível em: https://diplomatique.org.br/a-escalada-da-violencia-contra-criancasno-afeganistao/. Acesso em: 11 jun. 2022.

TAWIL, M. Por que 2022 é o ano da saúde mental nas empresas, e o que a tecnologia tem a ver com isso? *Época Negócios*, [S.l.], 2022. Disponível em: https://epocanegocios.globo.com/colunas/Futuro-do-trabalho/noticia/2022/01/por-que-2022-e-o-ano-da-saude-mental-nas-empresas-e-o-que-tecnologia-tem-ver-com-isso.html. Acesso em: 12 jun. 2022.

TAYLOR L. Covid-19: 1.5 million children have been orphaned by pandemic, study estimates. *BMJ*, [S.l.], v. 374, n. 187, 2021.

TEIXEIRA G.; MESSIAS L. Primeira infância na rua: as vidas ignoradas pela estatística. *Nexo*, [S.l.], 2022. Disponível em: https://www.nexojornal.com.br/reportagem/2022/01/20/Primeira-inf%C3%A2ncia-na-rua--as-vidas-ignoradas-pela-estat%C3%ADstica. Acesso em: 28 jul. 2022.

THE HIDDEN victims of sexual violence in war. *War Child*, [S.l.], [2019]. https://www.warchild.org. uk/news/hidden-victims-sexual-violence--war. Acesso em: 8 ago. 2022.

THE STATE of Food Security and Nutrition in the World (SOFI). *Unicef*, 2021. Disponível em: https://data.unicef.org/resources/sofi-2021/. Acesso em: 12 ago. 2022.

THE UN Refugee Agency. *Protecting and supporting the displaced in Syria.* [S.l.]: UNHCR, 2015. Disponível em: https://www.unhcr.org/56cad5a99.pdf. Acesso em: 2 ago. 2022.

THOMPSON, J. M. *et al.* Associations between acetaminophen use during pregnancy and ADHD symptoms measured at ages 7 and 11 years. *PLoS One*, [S.l.], v. 24, n. 9, p. e108210, 2014.

TIEN, I.; BAUCHNER, H.; REECE, R. M. What is the system of care for abused and neglected children in children's institutions? *Pediatrics*, [S.l.], v. 110, n. 6, p. 1226-1231, 2020.

TIRONI, P.; KARAGANIS, M. M. Legal Restrictions on Decision Making for Children with Life-Threatening Illnesses: CAPTA and the Ashley Treatment. *AMA Journal of Ethics*, [S.l.], v. 12, n. 7, p. 564-568, 2010.

TORNADO atinge sudeste dos EUA e deixa dezenas de mortos. *Nexo*, [S.l.], 2021. Disponível em: https:// www.nexojornal.com.br/extra/2021/12/11/Tornado-atinge-sudeste-dos-EUA-edeixa-dezenas-de-mortos. Acesso em: 18 jul. 2022.

TORRES, J. L. *et al.* The Brazilian LGBT+ Health Survey: methodology and descriptive results. *Cad Saude Publica*, [S.l.], v. 15, n. 379, p. e00069521, 2021.

UK DATING app Fluttr aims to beat the 'Tinder swindlers' with biometric. *The Guardian*, [S.l.], 2022. Disponível em: https://www.theguardian.com/technology/2022/feb/13/uk-dating-app-fluttr-aims-to-beat-the-tinder-swindlers-with-biometric-id. Acesso em: 28 jul. 2022.

UK YOUTH. *Safeguarding policies and procedures*: child protection and the protection of adults at risk. [S.l.: s. n.], 2019. Disponível em: https://www.ukyouth.org/wp-content/uploads/2020/11/1.3-Safeguarding-Policy-and-Procedures.pdf. Acesso em: 2 ago. 2022.

UNHCR – Syria factsheet. Syrian Arab Republic. *ReliefWeb*, [S.l.], 2019. Disponível em: https://reliefweb.int/report/syrian-arab-republic/unhcr-syria-factsheet-january-2019. Acesso em: 2 ago. 2022.

UNICEF. Venezuela situation report (annual 2020): 1 January –31 December 2020. *ReliefWeb*, [S.l.], 2021a. Disponível em: https:// reliefweb.int/report/venezuela-bolivarian-republic/unicef-venezuela-situation-report-annual-2020-1-january-31. Acesso em: 8 ago. 2022.

UNICEF. *Plano de Resposta Humanitária*. Relatório Global de Monitoramento da Educação, 2021b.

UNITED NATIONS INTERNATIONAL CHILDREN'S EMERGENCY FUND. *World AIDS day report*: stolen childhood, lost adolescence. [S.l.]: Unicef, 2021. Disponível em: https:// www.childrenandaids.org/sites/default/files/2021-11/2021%20WAD%20Report% 20%28Final%29%20 30%20Nov.pdf. Acesso em: 8 ago. 2022.

UPDATE 2021- Venezuela. *Humanitarian Response*, [S.l.], 2021. Disponível em: https:// www.humanitarianresponse.info/sites/www.humanitarianresponse.info/files/ documents/files/venezuela_humanitarian_response_plan_update_2021_june2021.pdf. Acesso em: 18 jun. 2022.

VACHON, D. D. *et al*.Assessment of the harmful psychiatric and behavioral effects of different forms of child maltreatment.JAMA Psychiatry, [S.l.], v. 272, p. 1135-1142, 2015.

VACINAÇÃO contra Covid em crianças avança no mundo, mas e o Brasil? *Sociedade Brasileira de Pediatria*, [S.l.], 2021. Disponível em: https:// www.sbp.com.br/imprensa/detalhe/nid/vacinacaocontra-covid-em--criancas-avanca-no-mundo-mas-e-o-brasil/. Acesso em: 28 jul. 2022.

VALERY, G. Brasil é um dos piores do mundo em mortes de crianças por covid-19. *Rede Brasil Atual*, [S.l.], 2021. Disponível em: https://www.redebrasilatual.com.br/saude-e-ciencia/2021/09/brasil-piores-mundomortes-criancas-covid-19/. Acesso em: 22 jul. 2022.

VEGA, C. M. *et al.* Human mercury exposure in yanomami indigenous villages from the Brazilian Amazon. *International Journal of Environmental Research and Public Health*, [S.l.], v. 8, n. 15, 2018.

VENEZUELA crisis: Facts and how to help. *World Vision*, [S.l.], 2021. Disponível em: https://www.worldvision.ca/stories/disaster-relief/venezuela-crisis-facts-and-how-to-help. Acesso em: 21 ago. 2022.

VENEZUELA reach deal to supply food to 185,000 children. World Food Programme, [S.l.], 2021. Disponível em: https:// www.reuters.com/world/americas/un-agency-says-it-will-supply-food-venezuelanschools-2021-04-19/?emci=355908d1-e5a1-eb11-85aa-0050f237abef&emdi= db2a99e1-e6a1-eb11-85aa-0050f237abef&ceid=4606001. Acesso em: 20 ago. 2022.

VENEZUELA: humanitarian crisis spilling into Brazil. *HRW*, [S.l.], 2021. Disponível em: https://www.hrw.org/news/2017/04/18/venezuela--humanitarian-crisis-spilling-brazil. Acesso em: 18 jun. 2022.

VENEZUELAN humanitarian and refugee crisis. *Center for Disaster Philanthropy*, [S.l.], [2022]. Disponível em: https:// disasterphilanthropy.org/disaster/venezuelan-refugee-crisis/. Acesso em: 23 maio 2022.

VITORIO, L. A profundidade da crise na vida das mulheres negras. *Brasil de Fato*, [S.l.], 2021. Disponível em: https://www.brasildefato.com.br/2021/07/27/a-profundidade-da-crise-navida-das-mulheres-negras. Acesso em: 18 mar. 2022.

VREEMAN, R. C. *et al*. Are we there yet? 40 years of successes and challenges for children and adolescents living with HIV. *Journal of the International AIDS Society*, [S.l.], v. 24, n. 6, p. e25759, 2021.

WANG, M. T. *et al*. 'COVID-19' Employment Status, Dyadic Family Relationships, and Child Psychological Well-Being. *The Journal of adolescent health*: official publication of the Society for Adolescent Medicine, [S.l.], v. 69, n. 5, p. 705-712, 2021.

WEEKLY press briefing on the coronavirus disease outbreak. *African Union*, 2021. Disponível em: https://au.int/en/videos/20211111/81th--weekly-press-briefing-coronavirus-diseaseoutbreak. Acesso em: 13 jan. 2022.

WHAT do we know about the new COVID strain found in South Africa? *Aljazeera*, [S.l.], 2021. Disponível em: https:// www.aljazeera.com/news/2021/11/26/what-do-we-know-about-the-new-southafrica-covid-variant. Acesso em: 13 fev. 2022.

WORLD BANK GROUP. *Global Economic Prospects*: a strong but uneven recovery. Washington, DC: World Bank Group, 2021. Disponível em: https://openknowledge.worldbank.org/bitstream/handle/10986/35647/9781464816659.pdf. Acesso em: 20 ago. 2022.

WORLD Food Programme, Venezuela reach deal to supply food to 185,000 children. *Reuters*, [S.l.], 2021. Disponível em: https://www.reuters.com/world/americas/un-agency-says-it-will-supply-foodvenezuelan-schools-2021-04-19/. Acesso em: 23 jul. 2022.

WU, J.; SNELL, G.; SAMJI, H. Climate anxiety in young people: A call to action. *Lancet*, London, v. 4, n. 10, p. E435-E436, 2020.

YEMEN: Endless suffering of children continues due to war, aid crisis. *UN News*, [S.l.], 2021. Disponível em: https://news.un.org/en/story/2021/09/1101432. Acesso em: 18 jul. 2022.

YOON, E. A. *et al.* Acetaminophen-induced hepatotoxicity: a comprehensive update. *J Clin Transl Hepatol,* [S.l.], v. 4, n.2, p. 131, 2016.

YOUTH Face a Risk of Sextortion Online. *FBI,* [S.l.], 2019. Disponível em: https://www.fbi.gov/news/stories/stop-sextortion-youth-face-risk-online-090319. Acesso em: 12 jun. 2022.

ZEANAH, C. H.; HUMPHREYS, K. L. Child Abuse and Neglect. *Journal of the American Academy of Child and Adolescent Psychiatry,* [S.l.], v. 57, n. 9, p. 637-644, 2018.

ZIPLOW, J. The Psychiatric Comorbidities of Migraine in Children and Adolescents. *Curr Pain Headache Rep,* [S.l.], v. 11, n. 25, p. 69, 2021.